历史的乡愁

杨献平　著

西安曲江出版传媒股份有限公司
西安出版社

图书在版编目（CIP）数据

历史的乡愁/ 杨献平著.—西安：西安出版社，2015.12
（2021.4重印）
　　（丝绸之路丛书）
　　ISBN 978-7-5541-1338-7

　　Ⅰ.①历… Ⅱ.①杨… Ⅲ.①散文集 — 中国 —当代
Ⅳ.①I267

　　中国版本图书馆CIP数据核字(2015)第306643号

丝绸之路丛书

历史的乡愁

Lishi de Xiangchou

作　　者：杨献平
出　　版：西安出版社
　　　　　(西安市长安北路56号)
电　　话：(029)85253740
邮政编码：710061
网　　址：www.xacbs.com
发　　行：西安曲江出版传媒股份有限公司
　　　　　(西安曲江新区雁南五路1868号影视演艺大厦14层
　　　　　11401、11402室)
印　　刷：合肥瑞丰印务有限公司
开　　本：889mm×1194mm　1/32
印　　张：8
字　　数：220千
版　　次：2016年1月第1版
印　　次：2021年4月第5次印刷
书　　号：ISBN 978-7-5541-1338-7
定　　价：32.00元

辑一

目录 CONTENTS

辑二

辑
一

凿空

从长安开始的深邃辽阔

公元前 202 年，一个名叫娄敬的齐国戍卒时来运转，在一位做将军的同乡引荐下，他得以面见刚刚取得楚汉战争胜利的刘邦。斯时的刘邦，也想效仿周朝，带领他的全班文武臣子，准备把国都由简陋的定陶迁往洛阳。洛阳这个地方，位于九州中心、黄河之滨，领带南北，贯通东西。万世基业永恒不灭，是每个皇帝的梦想，出身寒微、性本流氓的刘邦也不例外。

娄敬本是一个普通的戍卒，就像现在军队里的一名基层士兵，因为能说会道，又不满足于做一名戍边军卒，况且还要到遥远的陇西。这小子先是说通了带兵将领，使得那位和虞姬一个姓氏的将军答应他，路过定陶的时候，把他推荐给刘邦。在古代，将领培植自己的势力，或者在皇帝身边安插一个自己人，不仅是一种必要的生存策略，还是一种政治作为。人和人，或者上级和下级，在很多方面更多的是一种利益关系。

这个娄敬果然口才超群，当然也颇具头脑与政治远见。得以拜见刘邦后，他说了这样一番话："皇上您现在取得的天下，和周朝那时候不同。周朝自后稷开始，以仁德积累了数百年帝业。武王伐纣，取得领导权，到周成王时，天下还是以洛阳为中心，四方诸侯纳贡奉职，距离都不太远。有仁德的皇帝换个地方定都容易兴盛；没有仁德的，换个国都就很容易灭亡。周朝前期，诸侯四夷莫不臣服，到了衰亡的时候，诸侯们都各行其是，皇帝无法节制。不是因为周朝的仁德不够，而是因为都城的地形地势太弱了。现在，皇上您从沛县起义，席卷蜀汉，在三秦之地兴起，与楚霸王决战于颍阳、成皋之间，先后有七十多场，虽然取得了胜利，但死难者之多、战争创伤之痛，是一时半会儿难以修复的。皇上您效仿周朝，还把国都定在洛阳，我以为不妥。您看三秦之地，被山带河，四周都是坚固的边塞，即使形势危急，有百万之众也可以却之于外。古来人与人斗，不扼他的咽喉而捶打他的背部，绝对不能一招制敌，以获全胜。皇上您现在要离开定陶定都洛阳，倘若很多年后实力微弱，不能够节制天下的时候，只要占据关中，即使有秦国和项籍那样的强敌，也不足为惧。我以为，这是国之大事，也是皇上您的江山万世流传、帝业永存的根本所在。”

刘邦觉得颇为有理，又询问张良的意见。张良说：“洛阳这个地方虽然坚固，还有周王朝的气象，但不是一个特别好的军事之地，且又很容易四面受敌。关中那地方左边有崤山，右边是函谷关。陇西和蜀地沃野千里，三面皆可制敌，剩下的一面可以阻挡诸侯冒犯，真是易守难攻的坚固之地、天府之国。我觉得娄敬的话极为靠谱。"

但刘邦身边，多是山东人。这些将领和大臣，都想刘邦把国都定得距离自己家乡近一些，自然反对。尽管两派意见不一，刘邦还是下定决心，把国都定在关中。戍卒娄敬也因为这一次建言，摆脱了自己的微贱身份，官拜中郎，号奉春君，并被刘邦赐姓为刘。所谓汉之国都，也就是秦咸阳都城遗址。秦始皇的国都是庞大而壮丽的，但项羽一把火把它烧得灰飞烟灭，满地焦土与哀歌。项羽是一个失败的英雄，也是彻底的破坏者。罪人而罪一城，恶人而戕众人，这样的一种习惯延续和反复了数千年，周而复始，无有休止。而关于秦都城之宏伟，后世杜牧《阿房宫赋》一方面可能是传说，另一方面是想象。

"六王毕，四海一，蜀山兀，阿房出。覆压三百余里，隔离天日。骊山北构而西折，直走咸阳。二川溶溶，流入宫墙。五步一楼，十步一阁；廊腰缦回，檐牙高啄；各抱地势，钩心斗角。盘盘焉，囷囷焉，蜂房水涡，矗不知其几千万落。长桥卧波，未云何龙？复道行空，不霁何虹？高低冥迷，不知西东。歌台暖响，春光融融；舞殿冷袖，风雨凄凄。一日之内，一宫之间，而气候不齐。"

如此恢宏之宫阙、浩大之国都，在当时世界也是绝无仅有的。

迁都不久，刘邦便不顾臣僚劝谏，决定亲征匈奴。

匈奴作为一个长期游牧于农耕地区之外的强大民族部落联盟，自周王朝起，便与中央帝国不间断地发生各种摩擦，当然也有少量的合作。在西汉之前，唯有秦穆公、赵武灵王及李牧、秦开、蒙恬等王侯和将军对他们进行过彻底的打击。至公元前 207 年，以冒顿鸣镝弑父、自立为单于为标志，匈奴马踏东胡之后，进入了极其强盛的时代。游牧民族"以力为雄""举事常随月""利则进，不利则退，不羞遁走"，在今之蒙古高原乃至河北、陕西、山西等地，常常以"来如闪电，去如飞鸟"的超强运动战术，侵扰中央帝国边疆，抢掠物资。他们的这种"以战止战，以战养生"策略，是本性，也是受地理环境限制而不得不为的一种生存方式。

西汉帝国刚刚建立，解除了项羽的威胁，并平定了几个异姓王的反叛之后，刘邦自以为常年征战，匈奴不足为惧，便决心亲征匈奴，妄想也如蒙恬那样，不日之间，将匈奴打到漠北一带，再不敢袭扰汉边。这也是刘邦被胜利冲昏头脑的一个激情表现，但陈平等人是清醒的。因为，战争持续多年，赤地千里，十室九空，全国的破败程度前所未有，一个新兴政权，经济能力薄弱不说，人口，特别是青壮年锐减，再加上对匈奴的实力及其文化风习不了解，作战的一切基础都不具备。

但刘邦一意孤行。事先，他派出几拨人马，以各种身份混入匈奴打探敌情。奸细和暗探在任何时候都不可或缺。军事和政治集团对垒，相互窥知底细和底线，也是克敌制胜的必要手段。探子们到匈奴潜伏了一段时间，回来报告说，匈奴防守空虚，人也懒散，边疆地带也没有什么兵马。这样一来，刘邦亲征的决心更大。陈平、刘敬等人还是以为这是匈奴的诱敌之计，力谏刘邦不可轻举妄动。为此，刘敬还自告奋勇，化装成商贩，深入匈奴境内打探。由此可以看出，匈奴等游牧民族与西汉尽管没有正式的官方联系与沟通，民间贸易和交往却从没停止过。

回来后，刘敬报告说："我看匈奴境内防守空虚，奴隶们驱赶牛羊放牧，毫无戒备，这是他们在引诱我们上当。"刘邦还是不听。公元前200年4月初，刘邦征发三十万大军，并丞相陈平、将军季布等人出征匈奴。行至今河北张家口附近，刘敬再次劝谏，陈述理由，刘邦震怒，大骂他说："你这个齐国的小兵，胆敢胡言乱语，沮丧我军心，立斩!"当时下令斩杀刘敬。后在陈平等人的劝谏下，把刘敬押往广武县城扣押，等他得胜回来再行处置。却不料，刘邦大军行至今山西大同，在白登山遭遇大雾和雨雪天气，匈奴冒顿单于以四十万兵马闪电而出，将刘邦三十万大军困在白登山七昼夜。后陈平以重金贿赂冒顿单于最为宠爱的阏氏，以"得汉地而不能居""两主不相伤"为由解开大军一角，放刘邦及其大军狼狈而回。

　　这是西汉帝国与匈奴第一次正面接触。斯时，刘邦还是低估了冒顿单于的军事能力与智慧。冒顿作为匈奴历史上最为强大和最富有心机、谋略的单于，开创了匈奴近百年的鼎盛基业。紧接着，刘邦采用了刘敬建议，与匈奴和亲。他的理由是，打不过他就改造他，把汉室的闺女嫁给他，再生了孩子，就是汉刘皇家的外甥，再成为匈奴的单于……外甥怎么会和姥姥舅舅家结仇呢?

　　刘敬的思想也是地道的儒家学说，君臣纲常，家族伦理，妄图从血缘上改造蒙昧而剽悍的游牧苍狼。这显然是他个人一个理想化的政治梦想。一个弱女子并随从数百人，深入庞大而辽阔的匈奴大部落联盟之中，无异于草地上撒盐、沙漠里扬芝麻。但在当时，给个女人与匈奴单于，再加上大批的财富和生活用品、生产资料，并在几个边地城市开设贸易口岸，借此安抚匈奴。说穿了，这样的一种做法，无非变相求和、纳贡与供养。自此，长城以内为汉之"冠带之室"，长城以外为匈奴之"引弓之国"。一个"室"，一个"国"，以古汉语的精准性和多义性来看，西汉无疑是低匈奴一等的。但从形象化上来考察，"冠带之室"和"引弓之国"确实概括了农耕帝国和游牧部落的基本属性。匈奴大漠浩瀚，泽卤无际，草原浩荡，戈壁连绵。他们以快马长刀、鸣镝飞箭为基本的战斗构成；西汉则以木车、骡马、长矛剑戟为基本战斗工具。两者之间，不仅是速度和距离的对比，还有人口及身体素质的优劣。

和亲政策虽然取得了一定效果，但匈奴并不安分。公元前188年，匈奴的左屠耆王再次纵兵侵扰汉边，在今之内蒙古通辽、河北怀来等地攻陷边城，杀戮官吏和守军，并抢掠了大量财富和妇女。财富用来分发；妇女用来做奴隶，并可自由买卖和转让。此时，刘邦早已于公元前195年死去，吕雉制造了骇人听闻的"人彘"事件。匈奴兵马再度入侵之后，吕雉派人带着诸多礼品前往匈奴询问。冒顿回信说："前一段时间，左屠耆王稽粥受到了你们一个小官的侮辱，很生气，不听我的节制，私自出兵侵扰贵国，违犯了我们之间的约定，为了惩罚他，我让他带兵攻打大月氏。没想到那小子一举得胜，不仅把大月氏打得仓皇远逃至伊犁河，还把他们单于的脑袋割下来，做成了镶金酒器。为了表示歉意，我派人送去一些礼品，请太后陛下笑纳。"

这一次，冒顿还和吕雉开了一个荤玩笑，说："你现在死了丈夫，我愿意用我有的，填充你所没有的。"从这一点来看，冒顿的天性里有一些率真的孩子气，也有一种源自骨子里的对西汉的轻蔑。吕雉大怒，想动兵，但大臣们还是觉得时机不到，不可妄动。吕雉只好忍气吞声，派人回信并赠予匈奴诸多礼品。公元前176年，冒顿再次派遣稽粥攻击已经溃败的大月氏，与乌孙一起，将迁徙到天山南麓和伊犁河、伊塞克湖流域的大月氏击逐到锡尔河上游的费尔干纳地区，从而引发了欧亚大陆上有史以来第一次剧烈的民族大迁徙。这一次民族大迁徙，对于欧亚大陆乃至整个世界文明都具有深远的影响，使得盛极一时的罗马帝国也感觉到了游牧民族的强劲动力。

然而在东方，汉匈之间的关系一如既往。冒顿死后，稽粥成为匈奴单于。汉文帝按照旧例，从汉王室之间挑选一女下嫁匈奴，并给予大量的馈赠。但这样也没有真正阻挡住匈奴的马蹄，这一以弓箭和马蹄横行高原和大漠的游牧军团，其嗜血的暴力传统令人不寒而栗。在汉文帝和景帝时期，匈奴多次深入汉边侵扰和掠夺，甚至抢劫汉王朝的马场和重要军镇。文帝和景帝时期，对匈奴无力反抗。这种被动的局面一直延续到公元前141年。汉武帝继位后，面对匈奴的不间断骚扰与凌辱，决定进行反击。

这时候的汉帝国，经过"文景之治"，"社会之财富，日趋盈溢"，人口数量也有所增长和恢复。数千年以来，战争始终是人口锐减的原因之一。一朝灭一朝，成功者的冠冕和泼天富贵都是用无数的血肉之躯堆积起来的，尤其是秦汉这样的以暴力方式取得的政权。汉武帝刘彻进行了一系列的削藩与平乱之后，开始着手准备反击匈奴的战争。但彼时的汉帝国，对匈奴这样一个"疆域最东达到辽河流域，最西到达葱岭（帕米尔高原），南达秦长城，北抵贝加尔湖一带"的庞大游牧帝国却一无所知。

要想反击匈奴，必然要洞彻这个大部落联盟帝国的真相，能够联系到先前被匈奴大肆杀戮并击逐至中亚的大月氏，两边夹击，胜算可能更大。在这样的一个背景下，张骞横空出世。这个汉中人，《史记》中说他"为人强力，宽大信人"，说明张骞是一个少怀大志，英雄主义和理想精神都超乎寻常的人。张骞出生于汉中城固县，时为郎中令，即皇帝的近卫和侍从首领。他自告奋勇，并招募到了勇士百余人，于公元前138年从长安启程，开始了旷古烁今的"凿空"西域之旅。

事实上，在张骞这一次空前的行动之前，*丝绸之路*早已经存在，只是隐隐约约，不怎么明显，民间的生命力与沟通力有时候显得比官方的更为柔韧和强大。《穆天子传》一书虽有不可考证的传说性，但这本书对于早期西域的记录却是详细而又令人信服的。从已有的考古资料看，早在公元前 800 年左右，古埃及法老的宅邸里就有了"丝绸"制品。这说明，张骞凿空西域的军事和政治意义第一，至于丝绸之路，则是他这一孤身而艰险的探险行动的附加效应。但仅此一点，张骞已经不朽了。他第一次使得中央帝国打开了眺望斑斓世界的文明之眼，也第一次使得中央帝国发现了更辽阔的世界存在。正如法国历史学家 F·–B·于格和 E·于格叔侄《海市蜃楼中的帝国：丝绸之路上的人，神与神话》一书中说："张骞无疑掀起了一场'文化革命'。他揭示了一个外部世界的存在，至少是这个世界所包括的多样性、辽阔的范围和内在的潜力。"

真正的有作为的勇士和猛士在中国自古就缺少。对于张骞的功业，后世人多评价他甚至比汉武帝更伟大，比卫青、霍去病更加赫功至伟。这一点，我也是赞同的。从某种程度上说，张骞应当成为中国男人的一个标杆。当然，还有和他同乡同时代的司马迁。西汉为后世贡献的，仅此二人及李广、贾谊、董仲舒、卫青、霍去病等几个人而已。当然，对于张骞个人来说，在焉支山被匈奴浑邪王扣押，又被绑缚到位于翁金河畔的单于庭帐。一个奇怪的现象是，对于这样一个欲联络宿敌大月氏夹击本国的人，单于并没有杀掉他。对此，匈奴可能有自己的考虑，即留这个人一条活命，一则有可能劝化，二则可备不时之需。从公元前138年开始，张骞在匈奴将近十年，其间还娶了一位匈奴女子为妻，两人还生了两个孩子。这样的囚犯生活，查遍人类历史似乎很少。这也从另一方面说明，匈奴并非嗜血成性，对汉帝国的人见到就杀，他们也心存善念，尽管出于政治和军事目的的比重很大，但能够这样善待一个囚犯及其随从，已经很可贵了。再者，这可能也是张骞的宿命。

公元前130年，张骞和存活下来的四五位随从逃脱了匈奴的控制。手持节杖，再度西行。当他穿越今新疆全境，翻越帕米尔，在锡尔河上游的费尔干纳找到了昔日的大月氏，虽然受到了隆重接待，但大月氏身在膏腴之地、安乐之邦，生活富足，也自知不是匈奴对手，婉转地拒绝了他的请求。在中亚的康居，张骞见到了传说中的汗血宝马。当他返回时，还特意潜回匈奴阵营，把他的匈奴妻子和孩子带回了长安。

正如 F·−B·于格和 E·于格叔侄所说，张骞的外交成果几乎没有，相当于一次官方派遣的自费旅游。但对于当时的西汉帝国而言，张骞不仅带回了详尽的地图，从而使得中央帝国第一次窥破了匈奴及其背后的秘密；而且带回了大量的西域见闻。苜蓿、核桃、葡萄等等都是张骞和他的勇士们从中亚带回来的。最重要的是，张骞看到了一个别样的新世界和另一种人类文明。这个眼见的信息在当时的长安肯定类似于神话，但由于张骞，那些长期存在于故事和零星典籍中的"传说"由此被证实为现实存在。

正是张骞对匈奴的详尽了解与实地勘察，使汉帝国对匈奴的反击战有了切实的把握。汉匈战争由公元前 133 年的马邑之谋失利之后，再度开启。这一次，张骞也加入到了对匈奴作战的队伍当中。他和名将李广一起出征。这是公元前 129 年，卫青为大将军，分六路与匈奴决战。匈奴大败，其单于庭帐所在地茏城陷落，匈奴大部被迫迁徙到漠北、漠南地区。此时的匈奴单于是伊稚斜。因为失败，匈奴断绝了与西汉的和亲及一切贸易往来。两年后，伊稚斜单于再次出兵攻打西汉之上谷（河北怀来县）和渔阳（北京密云）等地，大胜，掳掠也较多。汉武帝再派卫青出征。卫青大军不日攻克河套地区，并将之收入西汉版图。在这一次战争中，李广不甘受辱，自刎于军中。

因了司马迁的神鬼之笔，李广成为了一个千古悲情人物，他的技艺精湛，一生对匈奴七十余战，所带兵马不是老弱病残，就是途中迷路，仅有的几次直接对垒，还以险胜而闻名。其中一次，被匈奴俘获，机智逃回。他木讷不善言，早年"受梁王印"而终生未能被封侯。太史公司马迁说："余睹李将军，悛悛如鄙人，口不能道辞。及死之日，天下知与不知，皆为尽哀。彼其忠实心诚信于士大夫也。"

钱穆《秦汉史》也说："卫霍李广利之属，名位虽盛，豪杰从军者贱之如粪土。李广父子愈摈抑，而豪杰愈宗之。"但豪杰是无法与庙堂公器相比的。李陵投降匈奴后，汉武帝不仅杀了他全族，且把劝谏的司马迁弄成了无根之男人。李家一门的惨烈和悲情，古来诸多将军皆如此。

河南之战后的匈奴，由于内部分裂，内斗严重，实力大不如前。公元前 121 年，远在河西地区的浑邪王作战失利，伊稚斜单于召他回单于庭。浑邪王知道伊稚斜单于要杀了他以增强威慑力，转而向西汉投降。汉武帝以霍去病带兵接应。投降之时，浑邪王部下有万余兵众不愿，被霍去病和浑邪王当场斩杀。也就是说，流传甚久的霍去病收复河西、开四郡是凭一军之力的说法是错误的，应当是在匈奴浑邪王的配合下，取得了收复河西地区的胜利。

公元前119年，汉武帝再派卫青、霍去病各自率领十万大军北击匈奴，双方在漠北展开大战，匈奴单于并其左屠耆王败逃，汉军大捷。后又分别于前111年、前103年、前99年、前97年、前95年五次对匈奴进行了较为沉重的打击。早在冒顿时代，匈奴就借驱逐大月氏的时机，收复了西域城廓诸国，以作为自己的战略纵深。李广利首次远征大宛，途经这些国家和部落的时候，各国王侯均采取不予合作的态度。直到第二次，匈奴势力在西域逐渐式微，李广利大军沿途才得到补充。

自此之后，匈奴渐渐失利，内部矛盾突出，斗争异常激烈。最终导致了九王争立，相互攻伐，唯有稽侯狦的南匈奴和呼图吾斯的北匈奴胜出。起初，两者都依附于西汉，但西汉为彻底分解匈奴，对双方态度和礼遇不同，导致了北匈奴郅支单于呼图吾斯暴怒而斩杀汉使，由此开始了悲壮的西征——逃亡生活。南匈奴呼韩邪单于稽侯狦一味屈就于中央帝国，北匈奴孤军在中亚奋战。

但从人的角度来说，呼图吾斯是一个孤绝的英雄，一匹不妥协的战狼。他以三千人横行西域和中亚，并收编东征失散的十字军，在锡尔河流域创造了血腥的骄傲战绩。但因为杀戮无度，又极端残忍，西域都护府都护陈汤和甘延寿矫诏起三十六国兵马，在郅支城将呼图吾斯斩杀，并焚烧了他历时八年修筑而成的木质城郭。历史进行到这一节点，西汉才完全解除了匈奴的威胁，使之成为俯首帖耳的附属国。冒顿所创造的匈奴东方传奇也在这里画上了句号。

匈奴自行溃散，西汉没有了外在的敌人。像匈奴一样，西汉的内部也出现了根本性的问题，即汉武帝为筹集战争物资，卖官鬻爵成风，生产力也遭到破坏，其统治内部也时有摩擦爆发。到汉武帝驾崩之时，这个国家已经在与匈奴的战争中耗尽了积攒上百年的元气和能量。为了拉拢南匈奴，使其更为听话，汉元帝又将王昭君下嫁给呼韩邪单于。但王昭君的和亲效果并没有传说的那样好。首先，王昭君嫁给呼韩邪单于三年，呼韩邪单于就病死了。依照匈奴"父死妻其后母，兄亡则妻其嫂"的风俗，继任者的匈奴单于雕陶莫皋（复株累若鞮单于）要求王昭君再嫁给他做阏氏。王昭君不允，上书汉哀帝请归，被拒绝不说，汉哀帝还把王昭君的哥哥一家弄到了匈奴去陪伴她。

再嫁给雕陶莫皋，王昭君与之生了两个女儿。几年后，雕陶莫皋死。公元前 19 年，王昭君长期郁郁，悲怀不散，作《怨诗》："秋木萋萋，其叶萎黄。有鸟处山，集于苞桑。养育毛羽，形容生光。既得行云，上游曲房。离宫绝旷，身体摧藏。志念没沉，不得颉颃。虽得委食，心有徊惶。我独伊何，来往变常。翩翩之燕，远集西羌。高山峨峨，河水泱泱。父兮母兮，进阻且长。呜呼哀哉，忧心恻伤。"不久死，年 33 岁。从这首诗歌看，王昭君在匈奴并不幸福。尽管被封为宁胡阏氏，极为尊贵，连匈奴贵族也不敢轻视，但一个女人，在一个陌生的族群当中，她能发挥的影响也是非常有限的。

所有这些，不论西汉帝国还是匈奴帝国，都是张骞凿空的丝绸之路上两个实力最强的军事集团。相比较张骞探索出的丝绸之路，这些都不足为重，尽管它们是具体的事件和引发的根由。从张骞开始，到霍去病收复河西走廊，西汉设立安西都护府、西域都护府等军镇之后，移民屯边，输出生产工具及各种技术，输出意识形态、政治体制、文化等等便成为了常态。尤其是公元前 95 年之后，丝绸之路第一次以官方的、有历史记载的方式进入到人类的文明视野，并由此而诞生了名动千古且光华万丈的陆上"丝绸之路"。

具体来说，西汉时期的丝绸之路主干线就是张骞当年探访西域时走过的那条路线，即长安—咸阳—天水—陇西—兰州—武威—张掖—酒泉—敦煌，再出阳关分为南北两道。南道出阳关（今甘肃敦煌西南）西行，经鄯善（今罗布泊附近），沿昆仑山北麓，经过于阗（今和田）、莎东、蒲犁（今塔什库尔干），越葱岭（今帕米尔高原），至大月氏，再西行到安息和地中海的大秦（古罗马），或由大月氏向南入身毒（古印度）；北道是自玉门关（今敦煌西北）西行，经车师前国（今吐鲁番附近），沿天山南麓继续西行，经焉耆、疏勒（都为塔里木盆地古国），翻过葱岭，至大宛（费尔干纳盆地古国），由此再往南北方向可到康居（锡尔河下游，吉尔吉斯平原）、奄蔡（今咸海一带），西南方向到大月氏（贵霜帝国）、安息（今伊朗）等地。

这是一条旷古烁今的道路，一个在汉帝国——历史蒙昧时期沟通中西文化、技术和商品之路，也是各种宗教、思想、文明的碰撞与交流通道。因为这条路，早期中国才知道东方帝国之外，还有更广阔的人类存在与灿若星辰的文明、文化。取得对河西乃至整个西域的控制权后，西汉先后多次移民，数量达数百万，有戍卒、犯人、农民、手工艺者和养蚕、瓷器、铁器、丝绸织染等方面的技术人才。其中，粮食生产最为丰富，李陵远征匈奴之前，就在敦煌、张掖、酒泉等地组织屯田，同时兼任骑射教官。路博德不仅修筑了河西走廊西端到今外蒙古境内的大量烽燧和关城，且在居延等地组织军屯。自敦煌以西的吐鲁番、高昌、龟兹、交河、焉耆、吉木萨尔等地情况也是如此。

贸易由此拓展，由长安至敦煌之后，各种物资贸易一度呈现出繁荣的景象。从已有的考古资料看，西汉时期，养蚕、丝绸、锦缎及各种农业灌溉、水利设施、生产工具已经蔓延并覆盖了今新疆全境和中亚部分地区。同时，西汉政府还在沿途建立了相应数量的过所驿馆和军事保障设施，用以保障丝绸之路的安全与畅通。斯时，东来西往的货物主要有樟脑、骨器、钻石、漆器、铁器、大宛马、胡瓜、胡萝卜、核桃、各种水果、玉器和青金石、绸缎等等，累计达上百种。这一繁忙景象，是早期中国与世界的亲密接触与频繁致意。正是由于张骞及汉武帝的将军们，使得民间化已久的丝绸之路正式纳入到帝国的经略范围之内。汉哀帝之后，西汉政府越发衰弱，自顾不暇，使得兴盛一时的丝绸之路逐渐凋敝。

这一现象，充分说明了政府参与的重要性，在重农抑商的早期时代，对于这样一条具有多重意义和作用的中西大动脉，沿途民族众多，各种势力此消彼长，没有一个强大而统一的政权和军事力量做保障，要想维持其畅通是难乎其难的。但张骞和他的汉帝国在当时的环境和条件下的无上勇气与切实作为，无疑是彼时人类文明之中一幅极为灿烂的图景。更重要的是，它使得汉帝国自长安出发，穿过雪山大河、绿洲草原、沙漠戈壁之后，看到世界是如此的深邃与辽阔，人类的文明和创造力是如此的丰富和驳杂。夸张一些说，深处内陆的长安在彼时已经瞭望到了遥远的欧洲板块与纷纭激荡的世界风云。

西北望
荒原上的闪电与挽歌

古老的挽歌

　　十多年来，我一直在巴丹吉林沙漠及其周边生活、游走、瞻望、冥想和拜谒。这里是乌孙、大月氏和匈奴故地，偶尔在戈壁上看到一根白骨，或者马缰，甚或生锈的刀片和马蹄铁，就会想起匈奴。匈奴的悲剧与后来的西夏异曲同工，在今天，只留下一些似是而非的传说，只能在墓葬及其文物中被人想象和猜测、惋惜和悲恸。

　　在内心，在灵魂，我想我一定与匈奴有着某种联系。它不直接，却若隐若现；它无证见，但与我有着神启般的辉映。匈奴人的苍狼习性是群体性的孤傲之诗。夜里，在空旷的河西走廊，四边都是寂静，风中的尘土打疼脸庞。众多的坟冢、墓碑之下，沉睡的不仅仅是当世之人，更多的骨殖和灵魂下面，还是骨殖和灵魂，在不知不觉间，成为遗忘的战利品。

　　在前人笔墨下，匈奴始终透着一股"被记述"和"被偷窥"的轻蔑与妄断——司马迁却是一个例外，《史记·匈奴列传》摒弃了作为当时的先进文化持有者的优越感，从低处或者对面，记述了自淳维至且鞮侯单于时期的匈奴历史。它是早期汉文化与草原游牧文明的一次自觉比对和映照。

《史记·匈奴列传》有言："匈奴，其先祖夏后氏之苗裔也。曰淳维。"这种说法似乎更贴近匈奴起源的事实。至于黄帝战蚩尤时的"趁机南侵的荤粥"，可能是斯时生活在今河北与山西交界地带的另一支游牧部落。

有一次，在山丹艾黎博物馆，蓦然看到一柄匈奴弯刀和一支残缺鸣镝，锈迹斑斑，内里泛红，在不怎么明亮的灯光下，像是层层泛起的黑色肉痂。这两种冷兵器在当时激烈的暴力体验下，已经与那些被它割断的生命浑然一体。可以说，它们的本身就是一种真实的历史，承载自己，也承载匈奴所有的逝者及其亡灵——真相不断损耗，灵魂却会越来越清晰，以至于这把刀子真正呈现的时候，只能以沉默的姿势和表情，让每一个看到它的人，忽然感觉到了生命的仓促和时间的迅猛。

再后来，与朋友两度登临焉支山。一次是盛夏，牧歌之上，山地浩荡，峰峦迭起。匍匐的青草在无声流水的周遭蓬勃，青翠、柔软得令人心疼。站在任何一座山丘上，极目远望：广阔的苍穹澄碧如洗；不断飞临的鹰隼，发出骄傲、嘹亮的叫声；犹如岩石的羊群，在生死间咩咩而鸣。放养它们的人穿着厚厚的大氅，细线一样的辫梢刀锋一样晃动。

一次是初秋，满山的油菜花黄得铺天盖地，置身其中，就像瞬间跌落在黄金堆砌的梦境。笨拙的旱獭在草丛中奔跑，响亮的云雀一次次把闷头采蘑菇的妇女惊扰。激烈鼓荡的风中，一次次响起匈奴古歌："失我祁连山，使我六畜不蕃息；失我焉支山，使我嫁妇无颜色。"

这歌声有着无尽的悲怆力量，令人不自觉地想起那些曾经在焉支山上纵马奔腾，蹲在牛马胯下挤弄奶水，骑羊射箭，在马背、草丛和雪窝中端坐、抬头望天等典型的匈奴生活景象。

晚上，在一位诗人朋友的书房，我做了一个梦：一个背挎长刀、骑马射箭的人，从一片松树林疾驰而来，马蹄溅起黑泥，一边弯弓射击，嗖嗖的响箭穿过透明的空气……醒来，夜幕漆黑，从焉支山吹来的风灌入窗棂，歌声一样浇澈灵魂。

随手拉了稿纸，我在诗歌中写道："焉支焉支。小小的匈奴 / 佩戴焉支的匈奴，风中的闪失 / 没有人的深夜，羊皮、帐篷和松脂灯 / 单于那挂马鞭，长过了黎明 / 似乎是一些赤身的孩子，在马背上，在草尖上，弯弓射箭／他们的叫声和呼喊在骨头里面，然后看见刀锃和血腥／饮马的河边，纵容的匈奴，携带箭簇、女人、烈酒和胭脂／在突然的风中，沿着雪花的方向／战争。饮酒。做爱。衰老。不知所终。"

匈奴是一支饱含苍狼习性、掠夺和杀伐欲望的远古民族，他们在今天的蒙古高原艰难生存、崛起、强盛和败退乃至消亡，他们的历史就像整个人类的命运，在马蹄和长刀、鸣镝和木车轮番倾轧的高原上，所有的事实都被时间淘洗成了乌有的传说，甚至是不存在的、空气中凝固的雕像。

匈奴：令人生畏的民族

2004 年 6 月，我又去了焉支山——这一次走得更多更深。我发现，祁连山绝对是游牧民族的家园和疆场：深山密林适合逃遁和藏匿，草原是练兵巡游的绝佳舞台，严酷的生存环境与神出鬼没的猛兽是锻炼游牧民族意志和巩固其民族狼性法则的天然训练场。难怪匈奴骑兵"去如闪电，收如飞鸟"，这么阔大的背景，怎么会演出慢吞吞的情景剧呢？在甘肃肃南裕固族自治县县城不远的一道山坳里，我有过一个夜晚的醉眠——清晨，雨水从帐篷顶上像银子一样滴在眉心，敲得骨头和灵魂不由得一片清澈。早上，旭日初照，密密艾艾的没膝草尖上，飞舞的都是白蝴蝶。我觉得，这里简直就是仙境——在山上，所有的俗世凡念如风遥远，整个身心干净得似乎只剩下薄如蝉翼的灵魂。

在康乐草原，从车窗看到几只笨拙的旱獭在草丛中奔跑，就像滚动似的。在松林里，我第一次看到了裕固族叫作金露梅、银露梅的细碎花朵，一种黄，一种白，站在森林边缘，背靠坑洼不平的大石头，像一个个匈奴小居次（公主），娇弱而野性。在马蹄寺的傍晚，看到一袭红衣的喇嘛站在危崖上，心神顷刻虔诚起来。有一次，伫立在流水激荡的红水河边，仰望冠盖缟素的祁连主峰，落日似乎是一位慵懒而又性感的妇人，将白雪镀成了美轮美奂的天堂，抑或是这世上最宽敞和最具创意的洞房。

看着逃跑的夕阳，坐在一块墨绿色的巨石上，想到从前的大月氏和匈奴——在祁连，他们是最早的主人，恪守以力为雄的暴力传统，是骚味儿浓郁的部落联盟和以猎人头为军功的凶悍军事集团。他们月圆之夜相互攻伐和杀戮——强时进，弱时退，以战止战，以战养生——他们一边骑马一边射箭，像成群的蝗虫一样轮番发动攻击；善于闪开道路，诱敌深入；更善于组织和导演大规模兵团作战、围歼来犯之敌；他们是闪电战专利的创造者和持有者。F·–B·于格和 E·于格叔侄的《海市蜃楼中的帝国：丝绸之路上的人，神与神话》中说："匈奴是一个令人望而生畏的民族。其名称本身就意味着是'有骚味儿的人'。世人对他们的蒙昧行为很难相信。在他们之中，唯有一个带来许多敌人头颅者，方会受人尊重。在草原上，这些战利品堆积得如此之多，以至于垒成了灾难的纪念碑。"

2006 年，我到曾是匈奴右贤王驻牧地的额济纳（出自匈奴语）达来库布镇，刚进入无边际的大戈壁，看到现已时断时续的弱水河（额济纳河），忽然想到：公元前 103 年，年轻的李陵就是从这里出发，沿着弱水河支流，和他的五千步兵向北行程五千余里，寻击匈奴主力，在峻稷山（阿尔泰山中段）遭遇八万匈奴骑兵，死战数日后被俘。公元前 124 年，骠骑将军霍去病在弱水河附近的狼心山集体斩杀了不肯随浑邪王降汉的八千匈奴将士；还有征讨西域失败的壶衍鞮单于及其大军，也在这里遭遇暴风雪，大军损伤过半；还有远征大宛得胜班师回汉的贰师将军李广利，也曾在这里遭到匈奴伏击。

我想：每一寸土地上，任何一个人都可以与远古的亡灵相遇，甚至重叠，在一个方位站立，在同一粒沙土上呼吸和冥想……我们的一切都建立在先民之上，或者干脆就是一种往返不尽的重复——包括骨头和鲜血，文化和品性，生活及命运。我觉得荣幸，在消失的匈奴故地，现在的中国版图，我似乎还能够嗅到浓郁的苍狼气息和一种源自生命本身的铁血精神与持之久远的无奈悲情。作为华夏民族别支的匈奴，在分离和融合间，在高寒的北部边疆，走过了相当长的一段历史。因为失败，他们销声匿迹，忍气吞声。等再次强盛，他们适时变换角色，四面出击，或许正是因为他们对中原王朝的武力干预、掠夺和冒犯，才使得自己的部分历史得以被他人记载和流传。

匈奴到底是一个怎样的民族

在史书上，他们的故事总很简单明了，在夏商周时期，常以獯鬻、猃狁、戎狄等不雅称谓出现，这肯定与他们的蒙昧习俗和嗜血习性相关，但以今天的眼光看，这显然是一种言辞侮辱和文化上的嫚渎。因此，在读有关匈奴历史的时候，我常常会有一些不由自主的疑问、天马行空的猜想和无来由的感伤。

1. 周幽王在骊山"烽火戏诸侯"（前 770 年），周平王岳丈申侯联合击杀周幽王的"犬戎"是不是匈奴在彼时的称谓？抑或犬戎是匈奴大部落联盟中另一个民族的称谓？

2. 春秋战国时期，匈奴与燕国、晋国、赵国有过长时间的"摩擦"。燕国的将军秦开打败过他们，并在今北京密云和天津蓟县一带修筑了不长的城墙。晋国是他们的臣服者或者盟友。赵国的武灵王以强大武力将东胡、楼烦等慑服，控制了游牧与农耕地带的大片地区，是不是也和匈奴有过正面冲突？

3. 后来的名将李牧，他的命运叫人唏嘘不已——李牧不但是一个深谙战争要领的将军，还是战国后期为数不多的谋略家，他在今河北蔚县和山西大同一带对匈奴采取"坚壁不出，不令所获"的战略，看似懦弱，实际上是在为赵国积蓄更多的战争力量。可李牧也没有逃过王翦的反间计，赵幽穆王的昏庸和郭开的贪而卖国，致使唯一可以与强秦抗衡的赵国瞬间崩塌，成为秦国的一个郡。如若李牧不死，赵国即使会亡，但肯定不会那么迅即。

4. 再后来的蒙恬，其对匈奴打击力度之大，功业至伟——迫使匈奴后撤千余里，并在河南地（河套以南）设置九原郡，辖44县，移民屯边，在河套地区广置亭障，联通赵、晋、燕三国旧长城，拓开秦直道……但蒙恬的个人命运似乎更值得后人叹息。我一直有一个错觉：扶苏死后，蒙恬不可能回到咸阳后被逼"吞药自杀"，而可能带着扶苏尸骸远走西域，隐姓埋名多年后老死大漠，且与冒顿有过某种联系。依据是：从冒顿一系列武功作为上，依稀可以看到蒙恬谋略的影响。

5. 关于头曼——匈奴历史上第二个留下名字的单于，他如何使得自己的冒顿"弑父篡位"阴谋得逞？单凭其"所爱阏氏"蛊惑，果真能促使头曼下定"废冒顿而立少子"的决心吗？

6. 冒顿被质于大月氏，重兵看守，千里长路，何以轻松逃脱？冒顿在严训"万骑"时的"非常之为"，头曼就没有一点察觉吗？既可察觉，怎么又会自投箭头呢？

7. 还有白登山之围，"天之骄子"冒顿为什么要放弃这一诛杀刘邦、入主中原的千古良机呢？司马迁"今得汉地，单于终非能居之。且汉主有神，单于察之"[①]的理由远不能服人。

8. 汉武帝时期受命与匈奴作战的大多数将军的个人境遇并不都像卫青、霍去病那么好，赵破奴等人在"巫蛊案"中受牵连被杀，贰师将军李广利也未能幸免，降匈奴被匈奴杀。

———————

① ［汉］司马迁. 史记·匈奴列传. 中华书局. 2013 年 7 月第 2 版.

匈奴人到底是怎样的一种形貌呢？

勒内·格鲁塞《草原帝国》转引威格尔的一段话说："他们身材矮而粗壮，头大而圆，阔脸，颧骨高，鼻翼宽，上胡须浓密，而颌下仅有一小撮硬须，长长的耳垂上穿着孔，佩戴着一只大耳环。头部除了头顶上留着一束头发外，其余部分都剃光，厚厚的眉毛，杏眼，目光炯炯有神。"

李陵的悲伤与游牧民族的胸襟

公元前 100 年，李广利大军在漠北遭到匈奴毁灭性打击。时为酒泉骑都尉的年轻将军李陵主动请缨，带五千"荆楚弟子，奇材剑客"从今酒泉出发，沿着弱水河，过狼心山，至居延再出塞，在空旷大漠中寻击匈奴主力。李陵是李广的孙子，父亲李敢。李广声名赫赫，因为早年受"梁王印"，一生战功卓著，但至死没有封侯不说，还被卫青气得自杀。李敢虽然被封为关内侯，但不过几个月，就被霍去病怀恨射杀于甘泉宫。作为英雄后代的李陵梦想一定是要做一个建功于沙场，击逐匈奴于大漠高原的卓越军事统帅。

但时不我与。李陵之所以能成为酒泉的骑都尉，多半来自祖上的荫庇。李广的声名和人格至今是军事爱好者的一个标杆。假若李陵贪图安逸，完全没必要向汉武帝请求带兵出战，好好地在酒泉做他的骑都尉也就可以了。可是，李陵身上流动的是勇士之血，身心激荡的是英雄梦想。他也应当知道，战争从无常形常势，将军及其部队一旦进入战场，包括生死的一切都要根据战场环境来决定。也就是说，李陵的这一行动，本来就是冒险的，甚至干脆就是冲动的。

即便如此，李陵及其副将乃至全部将士的决定，也是值得称道的。作为将军，安乐而死应当是一种耻辱。作为英雄后代，不想为家族荣耀再打造亮色金环是没出息的甚至败坏的表现。正如《史记·李将军列传》记载，李陵在浚稽山遭遇匈奴八万主力部队的围攻。五千人对八万人，无异于以卵击石。然而，李陵却以五千人的力量与匈奴八万人激战七昼夜之久。其副将韩延年战死，五千人也死了四千多。最终，李陵趁着夜色，让剩余将士突围，自己却被匈奴活捉。对李陵的这一军事冒险行动，钱穆《秦汉史》中有一段话评价甚为得当。他说："卫霍李广利之属，名位虽盛，豪杰从军者贱之如粪土。李广父子愈摈抑，而豪杰愈宗之。……而李陵将勇敢五千人屯边，陵称其皆荆楚勇士、奇材剑客。徒步出居延北千余里，独挡单于八万骑。转战八日，杀伤过当。及陵降，而陇西之士居门下者皆用为耻。其时陵副韩延年战死，军人脱归者四百余人。李陵之才气，及其全军之勇决，令千载下读史者想慕不已。"

作为后人，对李广家族之风尚，自然也是想慕不已。至于李陵为什么投降，投降之后会不会再如赵破奴一样回返汉廷，继续为汉朝效力，也很难说。但今人可以从司马迁为李陵所说的"辩护词"中揣摩一二，《汉书·李广苏建传报》："臣素闻陵事亲孝……今举事一不幸，全躯保妻子之臣随而媒蘖其短，诚可痛也！且陵提步卒不满五千，深輮戎马之地，抑数万之师，虏救死扶伤不暇，悉举引弓之民共攻围之。转斗千里，矢尽道穷，士张空拳，冒白刃，北首争死敌，得人之死力，虽古名将不过也。身虽陷败，然其所摧败亦足暴于天下。彼之不死，宜欲得当以报汉也。"

司马迁这番话，体现的是一个同僚的拳拳之心，也是一个有远见与正直之心的仁者才能说出的话。当众人顺从震怒的汉武帝，唯独一个太史，当堂说出这样的一番话，司马迁此一作为，已经令人足够敬仰了。然而，汉武帝下令斩杀了李陵全族。这一点，历来被认为是李陵不再回返故国的根本原因。但在匈奴那里，他们却对李陵敬仰和尊重有加。一个年轻的将军，以五千兵力牵扯其左右贤王八万大军，这是何等的英武与勇敢之举？

对于"以力为雄"的游牧民族来说，敬重和爱慕勇士也是他们的天性和传统。在这一点上，匈奴做得要比汉武帝更为英明，包容英雄，哪怕他不为自己效力，也给予他足够的尊重和地位。仅此而言，匈奴是令人敬佩的。在"胡地"的李陵是伤心的，也是绝望的。可以说，李陵是千古第一悲剧人物，他比他祖父李广更为令人惋惜。他在匈奴的孤独天地无可包容，朔风无法吹散，千古无人可解。至唐时，曾有一个中亚民族——黠戛斯遣使前往长安，自称是李陵和匈奴居次（公主）之后，向李世民要求认祖归宗。虽没被应允，但这对于李陵来说，也算是一个迟到的安慰吧。尽管时过数百年，他的后代还记得自己的来处，愿意向唐帝国表明态度，也是一桩幸事。人都是有心的，游牧民族也不例外。这就是血缘、文化与精神认同的非凡力量。

北匈奴最后的单于

公元前 36 年秋日的一天，大火熊熊，一举烧毁了郅支单于呼图吾斯费时两年修建而成的郅支城。这一匹匈奴最后的苍狼，也在乱军之中被一个汉军军佐砍掉了头颅。自此，驰骋西域十多年，威震葱岭内外的匈奴王彻底退出了历史舞台。与之相呼应的南匈奴呼韩邪单于稽侯狦则一心归复西汉，并很快收复了郅支单于的故地。自此，匈奴狼性尽失，冒顿开创的匈奴极盛时期的威武与闪电姿态渐渐暗淡，以至于被后来的曹操分解成五部，安置于今安徽、山西、陕西、河北、河南一带。

可以说，郅支单于当是历史黎明时期匈奴大部落联盟中最后一个嗜血的王者与最勇决的战争之王。先前，匈奴内乱，九王争立，堡垒从内部被自己人摧毁，北匈奴郅支单于和南匈奴呼韩邪单于是最终胜出的两支力量。郅支单于虽有一段时间也曾依附于西汉，但最终毅然决然地向西独行，在今新疆和中亚地区，以不妥协的战斗精神与残忍的杀戮，使得康居、乌孙等部落和国家屈服其下。公元前36年，西域都护府的陈汤、甘延寿二人在未得到汉中央政权的允许下，尽起本部汉军并西域城廓诸国等依附于汉政府的部落兵马，对郅支单于进行了一次孤注一掷的围剿。

郅支城建在今哈萨克斯坦的江布尔市，全部为木质结构。陈汤、甘延寿并西域诸国联军久攻不下，最终采取火烧的方式，使得郅支城在大火中毁于一旦。郅支单于当场战死，其头颅被悬挂在城头示众，直至腐烂、干瘪。与此同时，陈汤、甘延寿等人上书汉元帝说：

"明犯强汉者，虽远必诛。"可是匈奴的火种并没有因为郅支单于的死亡而熄灭，正如勒内·格鲁塞在其名著《草原帝国》中所说，北匈奴在郅支单于带领下，开始了悲壮的西征。这是西方大匈奴帝国的一个胚芽。四百年后，北匈奴后裔阿提拉横扫欧洲，尽管时间很短，但再一次以强劲的动力，改变了欧亚大陆的政治、军事、经济格局，并对西方文明产生了深刻而持久的影响。

从人道的角度看，嗜血、暴力、杀戮都是对生命的严重摧毁和戕害，也是野蛮与蒙昧的表现，但对于早期的游牧民族来说，"以力为雄""以战止战""以战养生"不仅是他们的一种民族传统，而且这种传统的形成必然与其生存环境有关。众所周知，游牧民族大都生活在高海拔地区，"逐水草而居"，生存环境严酷恶劣，要想生存下来，并有所发展，就必须拥有更多的资源。生产条件不够，生产资料缺乏，他们必须相互掠夺。早期的蒙古高原，自古以来就是游牧民族逐鹿的疆场，相互吞并和军事威服的舞台。所谓游牧民族的历史，从来就是一种弱肉强食丛林法则的淋漓表演。

郅支单于呼图吾斯的悲壮西征和最终的失败，体现的是游牧民族那种不妥协的战斗精神，也体现着早期游牧民族那种凶悍而决绝的、敢于牺牲的天性。尽管杀戮不可取，暴力让人痛心，相互兼并不可为，可是，从郅支单于身上，我们看到的是一种勇敢无畏，是一种处于绝地而不妥协的奋发动力。以往，我们总是将匈奴作为外族来看待，认为中原帝国与游牧民族的摩擦和冲突都是国与国的战争，但在当下全球化日益加剧、民族风习和文化兼容甚至趋向大同的年代，再以这样的论调或者眼光去看待历史，尤其是早期游牧民族部落和中原农耕帝国的关系，是有些狭隘的。四海之内皆兄弟，民族和民族不应当成为一种认知的标示，而应当以"人"和"国家、人类的一员"来看待每一个民族的历史和今天，这才是真正的开放与兼容、大度与正道。

张骞的匈奴生活

1

公元前 177 年和 175 年，匈奴两次击逐游牧在今甘肃河西走廊、祁连山北部和居延地区的大月氏，大月氏仓皇西迁，进而匈奴成为蒙古高原上的最强草原帝国。"从此，他们控制了东戈壁的南北两面：在外蒙古地区，单于在鄂尔浑河地区，即后来被称为哈拉和林附近建立起一座单于庭帐；在内蒙古地区，他们是在万里长城的脚下。现在他们的骑兵已经敢入中国境内。"①按照勒内·格鲁塞的这一个说法，可以肯定的是：老上单于在冒顿辞世之后，尤其对月氏的打击，使匈奴在蒙古高原的地位得到了进一步巩固。

而自老上单于辞世，军臣单于只是在疆域和政体上承继了冒顿和老上，但精神上却逊色不少——匈奴败落的源头应当是从马邑之谋开始的。

---

① ［法］勒内·格鲁塞. 草原帝国. 商务印书馆. 1998 年 5 月第 1 版.

从这一商贾与边将乃至皇帝之间达成一致的阴谋当中，军臣单于看到了西汉某种可怕的东西。这种东西或许不是汉朝的将军和兵士，也不是它的疆域和风俗，而是自上而下的一种抗击和剿灭匈奴的雄心——这种精神力量贯穿了汉武帝对匈奴的每一次战争，也是那些与匈奴屡次交手，或胜或败的将军们的一以贯之的强大精神支柱和力量源泉——在组织反击前，汉武帝与他诸多臣子经过一番思量，最终制定了联合大月氏、康居、大宛乃至一切匈奴的敌人和非敌人，共同举兵合击，将匈奴置于死地的战略设想。

这时，汉与匈奴"和亲绝"。匈奴刚刚击败了大月氏，老上单于稽粥把月氏王的头颅割下来，做成了精美的镶金酒器。剩下的月氏人继续向西逃遁，沿途寻找有力的支持者，和他们一起回击匈奴。可是，沿途的国家和部落都惧怕匈奴，委婉推辞了。汉朝也想彻底消灭匈奴，听了这些传说，就想派遣使者前往西方。可是，匈奴是必经之地，需要熟悉地形的人带路，所以公开招聘可以完成出使任务的能人贤者。

面对匈奴不间断的杀戮和侵略，从马邑之谋失败开始，汉武帝转变了对匈奴的策略，他想的是"以战止战"，而不是委曲求全。在今天看来，汉武帝的这个决定依然正确——对于自誉为"冠带之室"

的汉帝国而言，对于"盗寇之国"匈奴，唯有彻底将之击溃，方可一劳永逸。

但是，对西域的陌生，使得这个战略设想有些不切实际或者说不够清晰完整，在连番讨论之后，汉武帝及其臣子们决定先摸清陌生的"西域"到底有多远，倘若出击，取胜把握到底有多大。

在这种背景下，中国历史上贯通丝绸之路的"为人强力，宽大信人"的张骞横空出世——其功业，堪与丝绸之路早期先驱者亚历山大大帝相比。

在丝路的这一端，张骞是向着丝绸与梦想、政治和宗教、文化和文明迈出第一步的中国勇士，一个在荒芜路上刻下鲜明中国身影的开拓者。他的磨难与其对西汉乃至后世的影响，与汉武帝完全可以并驾齐驱。

2

张骞的行程开始了，整个队伍不过百余人。出长安，马不停蹄。过秦岭，只见高峰耸立，遮过云天，密林深处，百兽环伺，奔腾呼啸，而悬崖峭壁上，犹有树木及灌木青草。

由武都而陇西，骑都尉公孙燕闻张骞一行到来，亲自到城外迎接，见到这位早年一起抗击匈奴的同僚，自然十分高兴。日暮，公孙燕都尉府内，张骞与公孙燕宾主落座。畅饮间，张骞忽然想起故里陇西成纪的飞将军李广，言谈中，满是赞赏。公孙燕笑道："飞将军李广可是当世英雄，不夸张地说，能比赵国的李牧。他一直在抗击匈奴，积累了那么多的战功，皇帝也不知道怎么想的，至今也没封李广为侯。李将军现在镇守右北平，匈奴闻风丧胆，不敢靠近。环顾当朝，匈奴惧怕的，只有李将军。"

张骞借着酒意，也说："当年，李将军在雁门出击匈奴，深入千余里，匈奴逃得不见踪影。第二天返回途中，李将军突然遇到匈奴骑兵。沙漠地带作战，是匈奴的强项，李将军却浑然不惧，带老幼千余人，迎面袭击匈奴。"

说到这里，张骞满饮一杯酒，接着说："稍后，匈奴突然大兵合围，李将军一边杀敌一边突围，为震慑敌人，李将军跨马射箭，连射匈奴千户长十几名。后来，叫军士们脱下战袍，找了一个空地，席地而坐。"

公孙燕说："将军真胆色！"

张骞笑道："匈奴以为是诱敌之计，在远处踌躇盘旋良久，自行引兵而去。"

公孙燕捋了捋胡须，道："李将军真是大汉的良将，边境的盾牌。要是在文帝景帝的时候，早就封侯了！"

张骞说："国难出将军，盛世难建功。现在，皇帝陛下决心消灭匈奴，雄才大略可见一斑。此时，你我当殚精竭虑，为皇帝分忧！"

公孙燕猛然站起身来，端起一樽酒，对张骞道："历来将军以武功传世，文臣以良言彪炳，为将军刚才这一番话，你我同饮一樽！"

次日清晨，清冷的风吹得人浑身起鸡皮疙瘩。张骞辞别公孙燕，踏上向西路程。至大河侧，尚有山峦，犹如黑色蟒蛇，时断时续。张骞一行白天择密林休息，星斗微明，骑马西行。至令居皋兰山，迎面看到自苍茫山谷之中蜿蜒而来的大河，携带着黄色的泥浆，滚滚奔流。

至五龙口左侧山坡，匍匐在高山，风吹群草。张骞一行时常躲在石崖和松林中，吃熟肉干粮，生怕炊烟引来匈奴。过了五龙口，迎面是只长有稀疏扎人硬草的戈壁滩。南侧祁连山冠盖洁白；北侧的低矮山岭寸草不生，风化的岩石上，奔跑着一些体形奇异的小动物，还有不少红蚂蚁。

举目北望，黄沙漫天，茫茫千里，苍茫得令人晕眩。张骞走了几天，水没有了，只能在黄昏时跑到对面的山下灌取。如此几天，路上不见一个人影，唯有南侧山顶上游弋着一些洁白或者乌黑的羊只，还有一些动作缓慢的庞大动物。在山后，沙漠里的狼群在有月亮的晚上放声长嚎，间或有一些全身赤黄的羊只奔跑如飞。

张骞已离开长安两月，所带百余人马中，一些体弱者返回故地，还有十数个突感风寒，久治不愈，死在路上。有一天下午，张骞站在一片密匝匝的沙枣树林中，朝着看不到尽头的西域张望。他不知道那里到底是哪里，究竟是不是西王母所在的瑶池仙境呢？那里神仙成群，天地不分，奇装异服的人们骑马奔梭，往来无羁，过着一种与汉王朝截然不同的生活。

他也不知何时才能到达，一个使团、一群勇士，在庞大、遥远、无尽的路途面前，再大的勇气也只能是一种信心，而绝不会代替脚步，瞬即千里，眨眼即往。到焉支山，张骞被山上传来的鹿鸣迷住了，那声音，娇弱而有着冰雪质地。不高的山岗之间，处处敞开道路，只要顺势而上，便可以到达传说中九色鹿的故乡。

可不幸的是，当他们从昏睡中醒来，身上却突然多了一道绳索。这种绳索由芨芨草编织而成，匈奴人、月氏人和羌人、乌孙人都会这门手艺。

他们将茂盛的芨芨草割下来，晾干，然后浸泡于流水或止水中，数月后取出，就着湿劲儿，像女子辫辫子一样拧成绳索，用以攀登城墙、拴马、拖车。过一段时间，再放在滚烫的羊油和牛油中煮上几天，便会结实如铁，久用不断。当然，这种绳子绑在人身上，极不舒服，绳子的硬刺扎入皮肉像是针刺一样，又疼又痒。

张骞心想，此去西域，看起来要被匈奴阻断。前些日子在汉武帝刘彻面前表现的勇气和决心、使命和希望，一下子变得渺茫起来。

抓获和绑缚张骞一行的兵士乃是匈奴休屠王醍醐怀君部下。刚开始，他们对张骞等人很凶——用马鞭抽打他们的脊背，屡次试图将张骞手中的节杖抢夺过来，遭到张骞拼死反抗。

匈奴军士们将张骞一行押送到莲花谷。休屠王醍醐怀君见张骞气势凛然，心中敬佩。醍醐怀君乃是前任休屠王醍醐逐疆长子，早年，遵冒顿之封赏，驻牧于月氏国旧地，包括焉支山、河口一带，南接羌人，西连疏勒、于阗、高昌、楼兰、精绝等国。

醍醐怀君在殿内设宴款待张骞。张骞在醍醐怀君之豪华宫殿，心中不免赞叹，但脸色默然，只是怀抱节杖，坐在醍醐怀君下首，兀自喝酒吃肉。醍醐怀君笑道："在下久慕汉之威仪、大国气象，今在将军身上领略。"张骞道："我汉之将相，优于张某的比比皆是。"醍醐怀君道："张将军气节凛然，胸怀远志，乃当今之难得人才。倘若留在我处，我单于必厚封将军，官爵决不在某之下。"

3

从河西到阴山单于庭，路程遥远。张骞和堂邑父心想，如此一来，犹如返回长安，数月艰苦跋涉，最终又回到原点。从莲花谷到焉支山，再从焉支山过腾格里，到单于庭，张骞看到巍峨的宫殿、连绵的华屋和犹如云团的帐篷。张骞逐一打量每一座建筑，以及四边防卫设施，默记于心。

守卫架了张骞的双臂，把他抬了进去。张骞看到，大单于的宫殿装饰和陈设比休屠王醍醐怀君的王庭更为豪华，尤其是墙壁上的苍狼和乌龙图腾，给人一种凶悍而又神秘之感。

军臣单于眼神阴鸷地看着张骞和堂邑父。张骞攥紧了手中的节杖，以骄傲的神情仰视军臣单于。

一个眼睛细小，鼻梁塌陷，嘴巴犹如鸭子的人走到张骞面前。他背着双手，上下打量了一番，转身向军臣单于道："陛下，这便是汉武使者，中郎张骞。"军臣单于嗯了一声，面朝张骞道："殿下之人可是汉使张骞？"

张骞闻听，道："在下正是大汉中郎将张骞！"

说完，张骞犹自站立，眼睛看着别处，对军臣单于一脸轻慢。

军臣单于大怒说："汉贼，带着人进入我的疆域，为什么不通报？"

张骞转身看着军臣单于恼怒的脸膛，慢悠悠道："我是大汉的使节，目的是前往西域诸国，没想到，半途被你们这群恶贼挡住，还把我们当犯人一样对待，是什么道理？"

军臣单于又大怒说："小小汉贼，也敢猖狂，到我们这里做奸人，还振振有词，真不知道羞耻！"

张骞忽然放声大笑，声震屋瓦。

军臣单于喝道："把这个人拖出去，鞭打三百，扔进后山喂虎狼！"

骨都侯匈邑道："单于且慢！"

匈邑躬身道："张骞是汉朝使节，臣观其气宇轩昂，临危不乱，有大将风度，此等人才，要是善加教化，日后为我所用，岂不更好？"

军臣单于哦了一声，觉得有道理，开口说："那就先把他们押在牢中！"

张骞说："我是堂堂的大汉使节，宁死不做奸贼走狗！"说完，猛地抓紧了节杖，以头颅向着殿中巨柱撞去。

独立大将军醍醐卓立一个纵身，抓了张骞衣领，便将张骞拉了回来。张骞本来抱了必死之心，不备间，却被人如此捉弄，站在原地，羞愧满面。

军臣单于不由得叹道："汉使好气节，好好看管。"

石牢虽然幽暗，但也不怎么潮湿，不知从何而来的风，有一种冬天还被冷水拂过的冰冷感觉。张骞不禁打了一个冷战，抬眼看到一侧的堂邑父及众随行。堂邑父手把铁杆，看着张骞道："将军不要气馁，皇帝的命令，我想我们一定会完成的。"

张骞本来有些沮丧，听堂邑父一说，觉得有些惭愧，对堂邑父说道："足下之勇，着实叫张骞佩服。"堂邑父说："将军宽大信人，勇谋兼具，这一次出使西域，本来就是艰险的，什么情况都可能遇到，只要有命在，总有一天，我们会完成使命的。"

张骞说："我位居中郎，有些事情上，还不如足下冷静远虑。从今以后，你我就是亲兄弟，生死不弃，贫富同享。"

堂邑父躬身说："只要将军不嫌弃，在下万死不辞。"

张骞点了点头。

其他随从见状，齐声说道："我们都愿意跟着张将军，生死与共，达成使命。"

张骞百感交集，眼睛含泪，对着堂邑父及众勇士道："自此，我张骞与众位便为异姓兄弟，此往西域，不死不罢，一定要完成使命！"

张骞及众随从正说到动情处，忽听得人马喧哗。有人喊道："汉名王中行说到！"张骞心知是早年随汉公主至匈奴的内宦中行说，其来之目的，无非劝降。张骞向着堂邑父等人摆了摆手，坐在茅草上，紧抓节杖，闭了眼睛。中行说到牢门外，用尖细嗓音说："原大汉内宦中行说见过张将军。"

张骞眼皮不动，犹如雕像。中行说笑笑，走进牢门道："将军的气节，在当今的汉朝少见。当年，文帝让我跟随公主到匈奴来，我开始也不愿意，他说不从就砍头。想起他的不仁，心里就很难过。现在，将军持节出使，勇气可嘉，可是，人还是识时务的好，匈奴单于礼贤下士，重用汉人，我就是一个例子。"

张骞仍旧一言不发。

中行说又说："将军若是能留下来，保证会做到名王以上的官员，可以荫庇子孙，永享富贵。"

张骞哼了一声，依旧一言不发。

中行说觉得无趣，兀自嘿嘿笑道："将军可能觉得在下是失节的人，不屑于我。"

4

察布草原，青草淹没马蹄，游荡的牛羊在深而茂密的草地日夜游弋，只有渴了，才聚集到附近的海子边，大口吞咽。张骞和堂邑父及几十名随从，在这一带放养羊只。

这里是左贤王嘉里路驻牧地，张骞及堂邑父处在阿胡儿的包围圈中，即使有逃跑之心，也很难逃出匈奴的势力范围。

裨小王赵信将侄女嫁给张骞。这个面色微红、举止木讷但面相温驯的匈奴女子，竟毫无怨言地听从了叔父安排，与这位素不相识的汉朝将军结为夫妻。

她叫伊莉雅，十八岁，浑身上下散发着一种草原上特有的健壮而豪爽的气息。最初，张骞以在汉室有内妻的理由加以拒绝，赵信却说："男儿一个妻子哪能行？"便强行将伊莉雅嫁与张骞。起初，张骞心中不忿，不肯与伊莉雅同床。

辽阔无际的草原就像另一个天堂。白昼毒辣的阳光烤焦草叶；附近的海子在逐日萎缩，最后，只剩下一滩黑色淤泥。鹰隼和梅花鹿、野猪、豹子、苍狼，甚至狮子和老虎蹲在泥潭旁边，争夺泥水。

八月中旬，玉米、青稞、高粱和大麦就要成熟，天气忽然阴了下来，紧接着是犹如天崩地裂的雷声，闪电在被乌云遮蔽的犹如黑夜的天空中划开一道道伤口。大雨倾盆，像是上天撒下的谷粒，更像是没有箭头的箭矢，密密麻麻，接天连地，兜头而下。这是草原乃至西域最为欢畅的时候，贵人、王侯和奴隶们脱光衣服，赤身裸体地站在雨中，清理身上的污垢。

伊莉雅像一个小孩子，也不管张骞怎么看，脱光衣服，赤着双脚，从房屋中像一只燕子轻快而欣悦地冲进了瓢泼大雨。张骞站在门前，檐上雨水成串下流，在地面砸出一道道深深的泥坑。

雨中，伊莉雅的身体掠过湿淋淋的青草，白皙的脚丫踩着泥浆，时而奔跑，时而张开双臂，抬起姣好而黝黑的脸膛，向着天空，向着不停击打的暴雨。那神情和姿势，就像是突然跑出来的仙女或懵懂的孩子；结实的皮肤，似快速舞动的无瑕白玉，让人目眩神迷而不觉得放肆。

张骞惊呆了，像是在欣赏一场美丽的演出，而这般动人的舞蹈，不是在汉武帝皇宫中上演，也不像军臣单于那些异族舞姬的舞蹈。张骞觉得，这舞蹈绝对不是人间的，也不是天上的，而是只能在梦境见到的。他看到伊莉雅饱满结实的乳房，两颗红葡萄一样的乳头在高耸而颤颤的山峰上跳动；四肢像是一张折叠的白色丝绸，轻滑而富有弹性。

伊莉雅一边冲洗，一边在大雨中高声唱：

"草原上青草香哦，花儿跟着女儿开呀，天上的日月，地上的苍狼，光亮映照着匈奴人的方向。"

听着听着，张骞觉得了一种从未有过的激越情绪，胸中也涌起一股春雨般的儿女柔情，蓦然对这位匈奴姑娘伊莉雅产生了一种爱恋而又纯洁的欲望。张骞回到屋里，抓起一樽酒，仰着脖子灌下去，飞快地脱了衣服，全身赤裸冲进大雨。

白茫茫的大雨中，两个赤身的人，像是从天而降的远古神灵，在雨中奔跑、洗漱，张开臂膀，以柔韧的身体迎接暴风雨。伊莉雅见张骞也如此豪放，猛然跑到张骞身边，张开双臂，抱住了这个汉朝将军。张骞不知所措，看着远处白雾一样的雨，张开臂膀，缓缓向上，仰起脸庞，任凭大雨迎面而击，大声呼喊。眼泪猛然落下，和雨水一起，落在伊莉雅的后背上。张骞看着瑟缩发抖的伊莉雅，伸出手掌，就着雨水，抚摸了一下伊莉雅。伊莉雅好像无助的羔羊，猛然战栗。伊莉雅双臂再次用力，将自己的身体不留缝隙地贴在了张骞身上。张骞怔了一会儿，发出一声叹息，双臂合围，将伊莉雅抱在怀中，踩着深陷的泥水，快步走进了房屋。

这一场雨后，青草更加繁茂，猛兽和野禽们也都不用挤在一起饮水了。附近山岗间涌出一条条溪水，带着碎了的草屑和泥土，流向更低的地方。入冬后，很久没有下雪，刮骨的西风持续吹袭。牛羊们长着厚厚的绒毛，在干枯了的草地上啃食，远山的骏马和牦牛咴咴嘶鸣、哞哞而叫。总是有一些未成年的幼崽被狼群、豹子和狮子吃掉，剩余的肉身上，围拢了许多的秃鹫，呱呱叫喊着，像是在歌唱一顿丰盛宴会。

如此美妙而寂寥的时光，漫长而又短暂。自从那次大雨后，伊莉雅更像个女人了，每天早起，挤一大木碗的奶，放在铁锅里，烧开，看着张骞和孩子喝下去。然后又将羊只放开，让它们漫无目的地游荡。他们的大儿子长到八岁，伊莉雅带着他们，在深山放牧，折了坚硬的青冈木枝条，做成弓箭，看着孩子骑着羊只，像勇士一样佯装跨马征战。

　　每隔一段时间，伊莉雅总要去左贤王阿胡儿那里讨些盐粒和茶叶来。伊莉雅本来和阿胡儿不认识，但有了禆小王这层关系，阿胡尔及手下兵佐对伊莉雅礼遇有加。每次去，伊莉雅总要带回一些消息。张骞想要的似乎也只是这些。

　　这一年春天，伊莉雅回来说："左贤王他们又去了上谷，杀了不少人，抢得的粮食和布匹足够五千人吃用一年了。"

　　张骞闻听，说不上痛恨，也没愤怒，倒觉得这些事情很平常。张骞觉得，自己逐渐在麻木，从内心到精神，从肉体到情感，都在变得迟钝和毫无意义。有时候，他觉得汉朝很是遥远，家乡城固也像是一个灰色的梦境。

　　伊莉雅还说："汉朝派卫青出上谷至茏城，杀了七百多匈奴士兵。公孙贺出云中五百里，在草原上转了一圈，领兵又回去了。公孙敖从代郡率军前来，结果遭到了左贤王的伏击，损失了七千多人。"

　　张骞还是无动于衷，坐在羊毛毡子上，喝着茶水，低着脑袋，看不出吃惊也看不出悲伤。伊莉雅走过去，跪在羊毛毡子上看了看张骞，长长的胡须几乎掩住了张骞的整个脸庞。伊莉雅轻轻唤了一声，又大声道："那个号称飞将军的李广，也被左贤王打败了，还差点成为了俘虏。被汉朝皇帝抓起来，说要治他死罪。"

张骞回过头来，看着正在忙碌的伊莉雅，眼中有一种震惊但却又迷茫的光。伊莉雅蹲下，看着张骞道："匈奴自古以来的习俗，谁的武力强，谁就是王，没有汉朝那么多规矩和礼道。"说完，又起身忙了起来。两个孩子在门外的草地上摔跤，摔得满身是土，脸上都是血色的指痕，吱哇乱叫，但谁也没有哭，而且还继续抱在一起，你勾我推，像是两条红了眼的幼狼。

6

凌晨醒来，伊莉雅发现张骞不见了。伊莉雅没有诧异，于月光中翻身坐起，两个孩子在身边睡得四肢舒展，还夹杂着笑声的梦呓。伊莉雅穿衣，开门站在院子里，朝东边的马厩看了看。她特意从左贤王阿胡儿那里要来的两匹骏马不见了，连同搁在马槽旁边的马鞍。

伊莉雅仍旧面色平静，抬头看了看空中残月，深深吸了一口冷气，看到远处草原，北风像刀子一样，割着干枯的草尖。伊莉雅裹紧衣裳，走到向西的小径上，朝地上看，有几个新鲜的马蹄印，伊莉雅向远处眺望了一会儿，叹了一口气，转身回到房中。

没过多久，下了一场大雪，满世界的白，孩子们在雪中堆起了雪人，拿着张骞给他们削制的木刀，像战士一样击打和削砍，将雪地踩踏得一片狼藉。

他们是欢乐的，似乎没有觉察到生活有什么改变。唯有大儿子张炯——这是张骞为他起的名字——偶尔问伊莉雅："父亲呢，父亲哪里去了？"伊莉雅看着他黑红的脸膛，笑笑说："你父亲去夏牧场了，我们在那里忘了一件很紧要的东西。父亲要去把它取回来。"

伊莉雅听说乌拉山名王挛布加带了两万骑兵，入侵汉朝辽东郡，杀死辽西太守赵之桓，掳来三千多名壮年男女，还有不少财富。紧接着，又到渔阳，打败了渔阳太守公孙敖，将韩安国的千余名骑兵围困在狼牙山谷，以利箭射死。燕王刘定国发兵赶到的时候，挛布加早就撤离了现场，转道雁门，又杀戮数千人，方才奔腾而归。

伊莉雅听说这些时，左贤王的骑兵们一个个神采飞扬，津津有味，有多次参战的士兵还说起了自己在汉边境杀人的细节，乃至当众强奸汉女的情形。伊莉雅急忙走出来，然后，带了自己所需的东西，打着马臀，逃一样回到家里。

再一年（前128年）春天，伊莉雅又听说，汉朝皇帝突然对匈奴用兵，带兵将军好像是卫青和李息，率领三万骑兵从雁门、代郡一路向西，也采用匈奴惯用战法，分别直扑左贤王阿胡儿和浑邪王醒醐阿达所部，阿胡儿和醒醐阿达猝不及防，士兵被杀数千人。

伊莉雅再去，看到不少死难的骑兵尸体，像是死了的羊只，摆放在草地上，不久，被集体埋在深坑内。他们遗下的妻女成为了他人的，财富也成为了他人的。伊莉雅站在成排成堆的尸体面前，忽然觉得一阵恶心，蹲在地上呕吐一下，除了胃酸，什么也没有。然后慢慢站起身来，骑着马儿，回到了自己家里。

再一年（前127年）夏天，汉朝的卫青再度出击匈奴，从云中一直打到陇西，击败了匈奴的附属国丁零和白羊，在河南地俘虏数千人，牛羊百万。此后，河南地成为了汉朝疆土。卫青还效仿蒙恬，沿路建了亭障和高墙，将匈奴拒之门外，且又建了一座城池，冠名为朔方城，驻扎数万兵马。

匈奴举国震惊，老迈的军臣单于一病不起，各路王侯和八部贵人们聚在单于宫，争争吵吵，为继承单于位怒面相向，甚至当众抽刀。军臣气急，挣扎着起来，喝令众将帅停手。但已经没人听从他的命令，气绝之际，军臣单于令巫师骨都麦琪和骨都侯匈邑大声宣布：太子于单继承单于位，然后便瞪着眼睛，死在单于宫内。

军臣单于的死没有引起太多的震动，除了单于庭的人之外，很多王侯和贵人没有参加葬礼。单于驾崩，像是一件可有可无的事情，像是一阵风，吹过耳际后，草原依旧，雪山依旧，伊莉雅和她的孩子们依旧。

没过几天，挛布加造反了，与新继位的于单单于大打出手。伊莉雅感到震惊，但杀戮的血流并没有因为她的叹息和心疼而罢休。她似乎觉得，匈奴就要有大事发生，现在仅仅是一个开始，一场噩梦的序曲，抑或一场灾祸的征兆。

黑夜，伊莉雅总是失眠，下意识地把两个孩子揽在怀里。她一直觉得，会有人将孩子从她身边抢走，或者像参与战争的人一样，被长刀砍倒，或者用鸣镝射死……有一天夜里，皎洁的月亮把黑夜照得如同白昼，风中的草发出整齐而有韵律的摩擦声，一阵一阵，一波一波，从窗外，从远处的草尖和近处的小径周围，蔓延而来。

伊莉雅躺在羊毛毡子上。孩子们睡着了，那姿势，像是水中的小鱼，疲乏而稚气的脸上，洋溢着一种沉浸于梦境中的表情。伊莉雅看着自己的两个孩子，不由自主地想起张骞——那个逃跑的男人。伊莉雅想起他们在一起的情景，从陌生到熟悉，从冷漠到热烈……日常的放牧和家庭生活。最令她难忘的是，有一年夏天，他们在察布草原深处放牧，同乘着一匹马儿，马蹄下的野花夹杂其间，给人一种野性而寂静的美感。张骞下马给她摘了几朵，又骑在马上，给她插在鬓上。那一刻，她觉得自己格外美丽，心中升起一股热烈的火焰。情不自禁之时，伊莉雅回头亲了张骞一下。张骞从后面抱住了她，用手掌抚摸她的胸部，然后把她腰间的裙布撩起……他们第一次在马上行男女之事，身下马儿一边奔跑，一边聆听着她欢愉的呻吟声。

伊莉雅忍不住笑了一声，在空旷的黑夜，显得格外突兀而富有意味。这时，又一阵大风，像是虎吼一样，从远处而来，快速而猛烈地吹过。伊莉雅蓦然想起，白昼听左贤王的骑兵说：于单战败，带着一万军马，投降汉朝。

门外依稀有马蹄的声音传来，也像风一样，由远而近。伊莉雅没有在意——在草原上，深夜的马蹄声就像狼嚎一样平常，它们是黄昏的音乐，是匈奴人生活的一部分。闭上眼睛，正要睡去时，刚才的马蹄声却越来越近，一直到了她所在的房屋跟前。紧接着，是脚步声，沉重而仓促。再后来是拍打门板的声音。伊莉雅一下子翻身坐起，从羊毛毡子下面摸出一把锃亮的径路刀，大声问道："是谁？"只听得外面有人轻声喊道："伊莉雅，是我，张骞！"听到这个谙熟的声音，伊莉雅哇的一声哭了出来，赤着双脚，猛地拉开房门，还没来得及看清楚那个人的脸，便像孩子一样扑进了他怀里。

悲夫李陵

　　1992年1月5日，当我得知部队驻地在酒泉某个地方之后，第一个不自觉想起的古人竟然是李陵。当时，正是清晨，在月台上列队时，我看到祁连山黝黑的根部漾着一大片淡黄日光，冷风从西边沿着铁轨汹涌而来。带兵干部说，这是酒泉。我惊异了一下，脑子里忽然就弹出了李陵这个名字，还有一幅头戴铁盔、神情肃穆的画像。心里还想，在这个地方，说不定还能看到李陵碑。

　　几年后，再次想起当年那一刹那所想，竟然源于小时候听刘兰芳演播的评书《杨家将》。因为，评书说杨令公是撞死在李陵碑的。对于《杨家将》这个多半以演绎为主的民间故事，我曾经给予了无限同情，也有过无限的悲伤。因为，我爷爷那一代人就坚持说，我们这一脉杨姓，也是杨令公之后。一个少年，有如此先祖，当然觉得无上荣光。

　　英雄梦和英雄崇拜，对男人来说，是一个与生俱来的天性。成为一个军人之后，我愈发觉得，在任何时代，英雄都诞生于军旅。铁血兵戈与硝烟疆场是英雄拔节与崛起的最佳土壤。起初，我以为李陵碑应当在河西走廊与新疆交界的地方，一直想去拜谒。查资料才知道，李陵碑却在山西怀仁县境内，与苏武庙一起。这使我有一些莫名的失望。在我想象中，李陵及其坟墓应当建在浩瀚沙漠边缘的某个戈壁或者绿洲的边缘。天风长驱，千古横贯，漠北荒芜，瀚海泽卤，以此为李陵碑的背景，才符合李陵生前遭际与后世论谈、悲绝命运和千年苍凉。

公元前84年，西汉王朝经过长达半个世纪的汉匈之战，将匈奴游牧地拓为汉之疆土、王朝以内，也因此耗尽帝国元气，沉疴泛起、逐渐羸弱的汉武帝刘彻病死于长安未央宫。其年仅八岁的幼子刘弗陵继位，霍光、桑弘羊、上官桀辅政。霍光是霍去病同母异父的弟弟。上官桀和李广同为陇西人，其孙女为汉哀帝皇后。二人与李陵交好。为顾命大臣后，想起在漠北多年的李陵，便派李陵的老乡兼老友任立政等人出使匈奴。此时的匈奴，在西汉帝国的连番打击下，元气尽失，投降者达十多万人，再加上内部纷争，已经没有多少心力谋划和组织对西汉的反击战了。且鞮侯单于改变先前对抗策略，主动向西汉示好，中断多年的两国交往重启。此时，李陵在匈奴已经十多年了。任立政等人到匈奴之后，且鞮侯单于亲自设宴款待，李陵受邀参加。席间，说话当然不便，任立政便长时间目视李陵，吸引他的注意力，进而以眼神示意。李陵可能看到了，也可能看到而不方便回视，没有回应任立政的眼神。任立政受人之托，又与李陵同乡并早年关系不错，又以抚摸刀环、抚摸自己双脚的方式，暗示李陵现在可"还归"故国。

这时候的李陵，已经是匈奴的右校王，而且娶了且鞮侯单于的女儿为妻子，驻牧地在坚昆，即今天西伯利亚平原上游的叶塞尼河流域。将女儿嫁给一个降将，又让他带兵独当一面，由此可以看出，且鞮侯单于对李陵是赞赏的。这是游牧民族"以力为雄"天性的一个例证。在他们看来，暴力英雄才是真的英雄，一个男人，独带五千军马，深入匈奴腹地并独挡敌人八万大军，苦战八昼夜，且杀伤敌方成倍的军卒，这是何等的勇决之人与铁血猛士？

任立政等人在匈奴数日，作为老友，李陵和同样在西汉长大、深受匈奴单于器重的丁零王卫律一同宴请了任立政一行。席间，任立政趁着其他人专心观看匈奴猛士摔跤的空档，对李陵说："先皇已经死了，大赦天下，新皇帝年少，霍光、上官桀、桑弘羊等人辅政，你现在回去，不仅可以得到赦免，而且还有富贵在。"李陵听后久久不语，喝了一碗酒后，仰头看着庭帐顶说："吾已胡服矣！"任立政叹息，又对李陵说了一些还归故国的种种可行性和好处。但有铁心为匈奴贡献心力的丁零王卫律在场，很多话不便说。等卫律起身出外上厕所的时候，任立政等人又劝李陵，并传达了霍光、上官桀等人之所以派他出使匈奴的真正目的。李陵沉思良久，脸露悲色，凄凉地说："丈夫岂能再辱？"这意思是说，大丈夫怎么能再次受人侮辱？也直接向任立政等人表明了态度，即这一生，他再也不回汉室了。

这一种决绝，令千载之下抒写他的人，也不由潸然泪下。

公元前 99 年，李陵以教射骑都尉的身份，在张掖、酒泉、敦煌等地，教射军，并兼屯田事。骑马射箭是李家的绝技，唐代诗人卢纶《塞下曲》有："林暗草惊风，将军夜引弓。平明寻白羽，没在石棱中。"便是夸赞飞将军李广高超箭术的。可见，李广这个人，因了司马迁之笔，尽管他一生不得志，但死后的尊荣是无限的。

李广有三个儿子，李当户、李椒和李敢。长子和次子先后在对匈奴的战争中阵亡。李广在军中愤恨自杀后，李敢冲撞了卫青。尽管他不久以军功被封关内侯，但不过一年，便在甘泉宫陪汉武帝狩猎时，被卫青的小舅子、骠骑将军霍去病借故射杀。至此，名将李广一家男丁寥落。李陵作为李当户的遗腹子，十多岁时，祖父和叔叔先后死去。他长大后，以名将之后入宫成为侍中建章制，也就是皇帝卫队的一个首领。

汉匈战争进行了二十多年后，匈奴虽然连遭痛击，大部退到了漠北地区，但战斗力尚在。且不断派出军队，对汉之边疆城镇进行袭扰和抢掠。汉武帝一生，最大的梦想和爱好便是彻底击败匈奴，为其先祖刘邦"白登之围"洗刷耻辱。在筹划漠北之战中，李陵自告奋勇，独带八百骑兵，深入匈奴腹地打探军情，沿途标记并绘图，同时不断派人将情况报告给汉武帝。

不久，汉武帝晋升李陵为骑都尉，也就相当于一个郎中的官职。与此同时，李陵的孝顺、正直也受到了同僚的称赞，更可贵的是，他之所以统御士兵有方，显然也继承了他祖父李广的作风，即爱兵如子，与部署共进退、同患难、齐享乐。

历史上如此的将军有许多，但这样的将军往往没有好下场，如赵国时期的将军李牧、唐时河西节度使王忠嗣、宋之岳飞和明末的袁崇焕。反而是那些对部署不爱护的将军和带兵统帅，越是能获得更大利益并得以安然谢世。这是一个非常奇怪的现象，将军爱士兵，当是激励斗志和鼓舞军心的一个重要方面，也是将士合力同心，取得战争胜利的根本保证。但历史上的事总是如此奇怪，倒是那些以钱财物质作为激励军士杀敌的将领，不仅在战场上屡获胜绩，且个人仕途和命运没有什么太大的起伏。

河西走廊西段，雪山横贯，向北大漠，向西瀚海，处在汉匈战争的前沿，也是张骞凿空丝绸之路的蜂腰部位。对于李陵这样一个有着炫目之英雄背景与铁血血统的年轻将军来说，教射、屯田绝对不是他理想的人生状态。他梦想的是横刀疆场，血染战袍，用自己的谋略建立不二武功。

公元前 104 年，汉武帝决定远征大宛。此前，张骞第二次出使西域时，曾带回几匹传说中的汗血马。汉武帝爱之，并作《西极天马歌》表达。进而，汉武帝向大宛传话索要更多。大宛即今乌兹别克斯坦费尔干纳盆地的一个国家，以出产汗血马而闻名。大宛国王毋寡听从将军煎靡等人建议，不向西汉进贡汗血马，以免西汉以汗血马而灭汗血马之国。

汉武帝恼怒，决定派自己的宠妃李夫人的弟弟李广利带兵远征大宛。这是充满了皇帝个人私欲的一场战争。李广利是河北定兴人，以其姐姐的受宠而拜将军。其军事才能可能还不及路博德、公孙敖等人。皇帝以宠信之人为将军，目的无非两个：犒赏自己喜欢的女人，再以实际战功为更好地犒赏自己女人的家族人员找到更合适的理由。

李广利带兵出长安，过玉门关、罗布泊的同时，西汉也与曾是匈奴合作伙伴的乌孙成为了战略伙伴，细君公主出嫁乌孙，进一步密切双方关系。可是，李广利大军到楼兰，人马乏困，所带物资基本耗尽。他派人通知楼兰王开城迎接，并提供物资补给，楼兰王却不予理睬，紧闭城门；高昌和车师前国等也是如此。还没走到帕米尔，三万军队已经损失了两万多，只好返回。到玉门关外，接到汉武帝命令，有胆敢入玉门关者，立斩！李广利只能在玉门关外休整。

次年，卫青、路博德等人在漠北对匈奴的战争又取得了胜利，西域城廓诸国为图保全自己，纷纷抛弃了旧主匈奴，投靠西汉。李广利大军再度出征，沿途各国和部落均夹道欢迎并给予物资补充，使得李广利大军深入中亚，一举击败了大宛，运载了上千匹汗血马东归。

汉武帝欣喜，加封李广利官爵。进而，以李广利为主要将帅，对匈奴进行反击。汉武帝起初让李陵为李广利押运物资。李陵可能真的不屑于为人做粮草官，上书说，他有五千荆楚弟子，皆为奇才剑客。所谓的荆楚，彼时为江苏丹阳一带。事实上，李陵所招募的这些丹阳人，的确个个都是骑射高手。另外，他想的是，与其为人做副官押运粮草，不如自己带兵杀入战场，以军功获得更多的名望与现实功利。

汉武帝批准了李陵的要求，随即又让路博德作为策应。但路博德却上书说，正是九月份，匈奴草黄马正肥，不是作战的好时机，等到明年三四月份，匈奴青黄不接时再行出兵胜算更大。汉武帝见这两个人一前一后，怀疑是李陵串通路博德，故意拖延战事，下诏责令李陵就此事作出报告。

李陵莫名受气，心中自然不悦。也可能是为了证实他没有与路博德串通，便上书要求独带五千人马，深入漠北地区，以牵制匈奴主力，减轻李广利大军的压力。这一决定对于李陵来说，确实有些仓促。毕竟，战场情势不可预料，随时都可能有更多更为复杂的情况发生。但李陵既然决意如此，必然是孤注一掷、义无反顾的。

无独有偶，我当年从军的驻地，就是李陵出击匈奴经过的地方。发源于祁连山东段莺落峡的弱水河是中国第三大内陆河，也是国内唯一一条向西流的"倒淌河"。从今青海祁连县而甘肃民乐、肃南、张掖而酒泉的清水镇附近，转而向北，进入巴丹吉林沙漠后，称之为弱水河，终点是今内蒙古的额济纳旗。额济纳旗是阿拉善高原的南大门，处在巴丹吉林沙漠腹心，今之策克口岸和马鬃山一带就是与外蒙的边界。当年李陵大致是沿着弱水河进入额济纳（居延）后，转而进入阿尔泰山一带，寻击匈奴主力的。

巴丹吉林沙漠面积四万余平方公里，位列中国第三大沙漠。但在西汉时期，居延地区先是由乌孙驻牧，后乌孙被大月氏驱赶，再后来匈奴又击败了大月氏迫使他们西迁。汉军于公元前 121 年与河西四郡同时收复此地。路博德曾在此修筑了十里一座的烽火台、边墙和各种军事设施。两千多年过去了，这些军事防御设施还在，只是有些残毁。其中多座遗址我曾经多次去探访过。漠风浩荡，不容不留，唯有建筑它们的以及在这里建立功勋、留下动人痕迹的人，才得以长生和口碑流传。

从居延出塞，戈壁迎面，朔风劲吹。尽管是九月天气，塞北已经开始荒寒，尤其是夜晚的冷与白天正午的灼热，常使人有一日两个季节的感觉。李陵和他的副将韩延年并五千将士，可能知道自己正在进入一个孤绝之境、难以生还之地。数天后，他们在阿尔泰山中段与匈奴单于所属部队遭遇。

作为一个长期游牧于大漠塞北、草原雪山之地的剽悍民族，严酷的生存环境使得这些人有着苍狼的品性与耐力，还有"猎人头"为军功和奖赏的传统。法国历史学家 F·-B·于格和 E·于格《海市蜃楼中的帝国：丝绸之路上的人，神与神话》中说："他们每一个战士的坟堆上，围着的石头数量与其生前斩杀的敌人数目成正比。"匈奴以军卒猎杀的人头多少进行奖赏。在战场上，谁带回了死难者的尸体，可以将死者的妻儿、奴隶和财产据为己有。西汉时期的农耕帝国军队虽然没有这类规定，猎人头以为军功也是长期不衰的，至清末也如是。这是人类战争史上最为残忍和不可思议的一个污点。作为《孙子兵法》的产出国，战争最高法则"不战而屈人之兵，善之善者也"，并没有被太多的军事家和谋略家所践行。

阿尔泰山连接新疆北部和蒙古国北部，还延伸到俄罗斯、哈萨克斯坦境内。李陵所率军队到达阿尔泰山中段，大致在今准噶尔盆地或者另一面，不分昼夜行军寻敌的李陵终于在一天早上与匈奴部队遭遇。战斗拉开之后，李陵才意识到自己面对的敌人是匈奴单于所率的主力部队。此时的匈奴单于就是恩遇李陵的且鞮侯。

敌我双方遭遇，旋即展开激烈战斗。李陵所部虽然是汉地人，但骑射功夫并不比擅长此技的匈奴差多少。但在冷兵器年代，人数多少是战争胜负的主要因素。虽然李陵及其将士也非常勇敢善战，可总有死伤。史书上说，李陵部队对敌军的战斗力也是令人惊叹和佩服的。

数天的战斗当中，匈奴军队死伤的人数比李陵高一倍以上。

而李陵面对的现实问题是，尽管自己的军卒作战勇猛，但人员和战斗工具却在逐渐减少，对方的补充力量则源源不断。

一场突击战变成了消耗战。李陵所部射完了携带的五十万支铁箭，再加上负伤的兵士增多，战斗工具的短缺，李陵只能边战边退。这时候，他肯定渴望得到路博德的接应，可是，路博德此时尽管失去了侯爵，但他不屑于为一个年轻的后辈将军做策应，一直按兵不动。李陵也可能会想到，以军功取得侯爵，并且与自己祖父李广同为将领的路博德肯定不会出兵接应。

对敌作战的时候，同一阵营的友军不予配合，甚至明知道对方陷入绝境，却稳坐钓鱼台，这种作为，实际上是人性的偏狭、自私等恶的东西在起作用。路博德、卫青、霍去病、公孙敖、田广明、赵破奴、韩安国等将领之所以没有李广之后世口碑与影响，不唯是司马迁在书写时偏向（假如有的话），可能是他们当时确实做得不够好，不足以太史公像对李广那样，用笔给予他们相应的赞誉及富有同情和敬意的抒写。

与此同时，匈奴主力也放弃了对南线李广利大军的战斗，转而集中精力，全力围剿比自己少之又少的李陵所部。这其中原因，当然有匈奴怕西汉人说他们几万军队连一个五千人的军队都消灭不了，从而越发觉得匈奴不堪一击。说到底，这是一个面子问题。按照司马迁记述，匈奴人"无文书""苟利所在，不知礼义""胜则进，败则退，不羞遁走"，面子的事情是西汉所强调的。由此可以断定，建议且鞮侯单于全力剿灭李陵所部的，当是一个投降匈奴的汉人。

最大的可能，一是与李陵在匈奴同朝为官的丁零王卫律。卫律在西汉国内长大，先前受协律都尉、李广利之兄李延年引荐出使匈奴。可他还没返回，李延年便被夷灭九族。卫律害怕回来也被牵连，转投匈奴。因其对西汉情况烂熟于心，又情愿为匈奴出谋划策，且鞮侯单于对他异常器重。二可能是早先投降匈奴的塞外都尉李绪如此建言。李绪这个人生卒年月均不详。因为被汉武帝命令派去接应李陵的公孙敖半途遭到匈奴左屠耆王截击，无功而返，怕汉武帝治罪，撒谎说李陵在匈奴指挥军队对付他，因而没有成功，致使汉武帝斩杀李陵全族，并将为李陵说情的司马迁处以宫刑而得以留名。

　　若按照常规，匈奴定然会全力对付李广利、路博德大军，但这一次，似乎是天命。李陵第一次带兵出战，就遭到了多方原因的辖制与逼迫。三四天后，李陵撤到了距离居延不远的地方。当夜，李陵对将士说，他要单枪匹马行刺匈奴单于。他的目的是，杀了匈奴单于之后，匈奴必定大乱，他的这些兄弟们就能趁机突围。但这只是李陵个人的一个凭空设想，匈奴八万大军，单于庭帐又习惯扎在高处，四周都是各个王侯的兵马，一个人，再怎么勇猛，也难以接近单于庭帐。

　　当然，他的计划果真失败了。这时候的李陵也不免绝望，在随后的作战中，尽管兵士们勇猛如初，但败象已经昭然。再一天作战后，李陵把剩余人马集中在一个山头上，与韩延年决定分别带兵突围。

　　困兽犹斗，当两人分别突围的时候，韩延年战死。得到消息，李陵悲愤莫名，却又不忍心属下剩余军士与自己同样葬身大漠，便与几个决死之士抵挡匈奴军队，让其他人寻机突出重围。这一次，李陵战斗到只剩下自己一个人，面对重重包围的匈奴军队，他也没有了作战力气。

这是他艰难抉择的时刻：从李陵家风来看，他绝对不是一个贪生怕死之人；从他勇武杀戮匈奴军士的战斗表现看，他绝不会想到为自己留一条后路，以求匈奴不杀。李陵之所以选择投降，我想有三个方面的原因：一是如他自己所说，没有脸面再回去见汉武帝。出战之时，李陵主动要求，并且放弃了为李广利做粮草官这一风险相对较小的差事，而是自告奋勇，深入漠北千余里，配合李广利大军与匈奴作战。起初他信誓旦旦，现在却全军覆没。将军是有尊严的，一如当年不惯于卫青问责而自杀的李广。二是李陵确实想效仿赵破奴，被匈奴捕获，扣押多年，最终寻机逃回，还受到了汉武帝重用。三是李陵肯定想到了他的家族。男丁没了，他再一死，陇西成纪李氏家族就算断了根。

最终，李陵选择了投降。

消息传到汉武帝耳朵里，这个刚愎的皇帝震怒不已。因推荐李陵而升为郎中令的陈步乐怕汉武帝问责自杀了。满朝文武之中，竟然只有司马迁为李陵说情。千载之下想象那种情景，全身隆起寒意。文官倒还罢了，几乎所有的武官，都曾经和李广祖孙三代在沙场上作战。人说物伤其类、兔死狐悲，在这些将军面前是毫无效用的。或许他们早已看惯了生死，心里根本没有了他人。

司马迁是一个博学书生，一个地位和名望都不显赫的书记官，也就相当于现在一个元首的秘书之一。可以想见，在黑压压的朝堂上，震怒的汉武帝痛斥李陵的背叛，大家低头不语，或者伙同汉武帝咒骂李陵的可耻。

在这样一个充满诡异和卑劣色彩的氛围中，一个书生站出来说："李陵这个人平常很孝顺，和周围的同僚也处得很好，为国家的事，常常表示，哪怕葬身沙场，也要为皇帝分忧。他平常的言行，很有国士之风。现在，他出征失利，没有舍生取义，这是非常令人沉痛的。然而，李陵带不足五千的士兵，深入匈奴腹地，一军独挡数万匈奴，并且勇猛非常，使得敌军死伤的军士都来不及补充。致使匈奴单于举全国之军，围攻他区区五千人。即便如此，李陵还是带领士兵战斗不懈，武器都打没了，赤手空拳还在战斗。这样的英勇作为，即使古代的名将也不过如此。虽然打了败仗，但也可以向天下人交代了。李陵不肯马上去死，准有他的主意。他一定还想将功赎罪，来报答皇上的。"

这一番陈词，即使现在看，也合情合理。可是，因为匈奴全力对付李陵，李广利大军战果寥寥。司马迁的这番话，被汉武帝认为是有讥讽李广利的成分在内。汉武帝再怒，将司马迁下狱，并很快将其处以宫刑。

公元前 99 年，应是一个伟大而不朽的年代。汉武帝又以特别的方法，成就了两个千古男人。前一个，无意中成就了凿空西域、开拓丝绸之路的张骞。这一次，他不仅使得李陵成为历史上第一个伤心将军，而且李陵在匈奴时间虽短，但他对黠戛斯人的影响是巨大的。李世民时期，黑发黑瞳的黠戛斯人曾向李世民要求认祖归宗，声称他们是李陵与匈奴公主的后代。当然，李陵也是中国历史上一个具有丰富意义的文学典型。他的家世背景、个人遭际、在匈奴的生活与难以考察的后裔，都为文学创作提供多种想象空间与塑造新鲜和别异的诸多可能。

司马迁就更不用说，这个失去男根的男人，是中国文学史和史学史上，甚至文化精神史上的一座高峰，套用他说屈原的一句话，即："虽与日月争光可也。"李长之在评价司马迁及其《史记》时说："单即文章论，他也是可以不朽了！试想在中国的诗人（广义的诗人，但也是真正意义上的诗人）中，有谁能像司马迁那样有着广博的学识、深刻的眼光、丰富的体验、雄伟的气魄呢？试问又有谁像司马迁那样具有大量的同情，却又有那样有力的讽刺，以压抑的情感的洪流，而使用着最具造型的史诗性的笔锋，出之以唱叹的抒情诗的旋律的呢？在中国的文学史上，再没有第二人！司马迁使中国散文永远不朽了，司马迁以没有史诗为遗憾的中国古代文坛已然令人觉得灿烂而可以自傲了！司马迁使到了他的笔下的人类的活动永远常新；使到了他的笔下的人类的情感，特别是寂寞和不平，永远带有生命；司马迁使可以和亚历山大相比的雄才大略的汉武帝也显得平凡而暗淡无光了。"[1]

男人如司马迁者，万世之幸也；如李陵者，千古不遇。

盖汉武帝一朝，人才辈出，而真正的人才，却是那些受其冷落和排斥的，如李广、司马迁、李陵及张骞（曾因作战失利失掉博望侯的官职）。这四个人，在当时不能和汉武帝刘彻平起平坐，但千年之后，他们的光芒甚至超越了汉武帝。这也充分说明，一个人的功业并不在于当世，尽管中国人从来就是现实功利主义者，要求现世现报及"活着"时的红极一时与荣华富贵。这种没有理想与希望的民族精神状态，看起来实用，但更虚妄。

公元前91年，匈奴再度出击，袭击了今河北怀来、内蒙古托

---

[1] 李长久. 司马迁之人格和风格. 天津人民出版社. 2007年7月第1版.

克托、甘肃酒泉等地，杀当地汉官吏。汉武帝再派李广利统军七万，御史大夫商丘成出西河，重合侯莽通出酒泉，与匈奴作战。

此时的匈奴单于是狐鹿姑，汉军倾巢而动，狐鹿姑单于下令转移王庭，由赵信城（今蒙古国杭爱山南麓）迁往郅居水（今蒙古国库苏古尔湖以南）。与左屠耆王兵分两路，采取坚壁清野的方式，对付李广利大军。李广利大军劳而无获，只得班师回朝。匈奴抓住时机，用三万精锐部队追击汉军，在阿尔泰山与商丘成所部大战九昼夜。汉军作战英勇，匈奴军损失过半。

有人说，在这一次战斗中，李陵也参与了追击汉军的行动。但从李陵的个性来看，这个说法有待商榷。不久，汉匈之间又开始和好。李陵从汉朝使者口中得知了汉武帝杀他全家的真实原因，是因为塞外都尉李绪。随后，李陵派人袭杀了李绪。这时候，李陵的内心肯定也是极为复杂的。世上最可怕的事情就是，当你遭受大难，才得知害你的是自己人，而且同在一个阵营。本来，对于李陵和李绪而言，两人是同在匈奴的西汉人，本应当更加亲密，相互依傍，在瀚海大漠相互取暖。可他没有想到，促使自己全族被杀的人竟然是李绪。

闻听李陵私自袭杀了李绪，单于没有震怒，单于的老婆——大阏氏则要求治罪。狐鹿姑单于只好把李陵送到外地去。直到大阏氏死，李陵才回到单于庭。

这一期间，李陵在贝加尔湖见到了苏武。苏武是将军苏建的儿子。公元前 100 年奉命出使匈奴，其副手张胜与匈奴一位缑王与虞常（降匈奴的汉人）密谋劫持且鞮侯单于的母亲返回西汉，并谋算杀掉丁零王卫律。不料，事情败露，几个人被杀，张胜投降，苏武绝不失节，被流放至贝加尔湖牧羊。

对于苏武，做了匈奴单于女婿之后的李陵心情也极其复杂。面对早一年流落匈奴的苏武，尤其是他的节操，李陵可能心有所愧。但单于命令不可违，李陵硬着头皮，去贝加尔湖劝降苏武。

关于二人见面的场景，完全可以做如下情境复原。

大雪落满帐篷，李陵和苏武坐下，你一樽我一樽喝酒，你一言我一语地说起旧年往事。苏武道："将军之所以委身，乃是不得已而为之。倘若皇帝听从司马迁劝谏，数日以观，将军定会复归于我大汉。"

李陵长叹一声，道："苏中郎居匈奴而持节不辱，忠心大汉。我李陵诈降，却使得亲人无端蒙难。今汉地，已无李陵血脉，何以复归？于此之时，唯羡大人。数年之后归汉，仍自儿孙满堂、血脉留存，且位至公侯，英名万世。"

苏武闻听李陵此言，蓦然想起自己刚才的那些想法，觉得不是滋味，干咳一声，清了清嗓子，道："将军之言确也，然苏武不事于贼，盖因汉节不可失，犹如弓箭不可离，刀锋不向背，皆乃个人秉性志向。"李陵道："大人有家，归汉之心决也；而李陵无家，胡地恓惶，埋骨何处，万世凄凉。"

苏武道："将军与我，同乃将军之后，辱及祖宗，便为不耻，而将军家国尽丧，苦状之甚，尤过于某。"李陵听了，猛然大哭起来，站在低矮帐篷中，像个委屈的孩子。苏武近前，拍了拍李陵的肩膀，道："将军莫要悲戚，数百年之后，后人自有评说。"

李陵哭得更加厉害了，肩膀一耸一耸，全身颤抖。

李陵猛然抢出帐篷，站在大雪中仰天喊道："苍天无心，汉皇无眼，盖古之悲，莫过李陵！"

说完，又哈哈大笑起来，声音粗砺而又悲怆，像是苍狼夜嚎。

天色渐暗，风雪愈加急剧。

李陵站在雪地，涕泪横流，吟咏道："良时不再至，离别在须臾。屏营衢路侧，执手野踟蹰。仰视浮云驰，奄忽交相逾。风波一失路，各在天一隅。长当从此别，且复去斯须。欲因晨风发，送子以贱躯。"

李陵神情悲戚，嗓音沙哑，看着苏武道："中郎大人，李陵有一事相求。"苏武抱拳说："将军尽请吩咐。"李陵站直身子，看着远处浓郁夜色道："李陵沦落，无颜宗亲，将军归汉之后，可否代陵于陇西祭扫李氏宗亲？"

苏武听了，想也没想，便道："将军放心，苏武此生有归，必前往吊唁将军宗亲，禀明因果，以慰祖宗也。"李陵向苏武深深躬身道："陵拜将军之仁义恩孝。"

苏武扶起李陵，趁着酒意，想起故国家园，兀自吟道："骨肉缘枝叶，结交亦相因。四海皆兄弟，谁为行路人。况我连枝树，与子同一身。昔为鸳与鸯，今为参与辰。昔在常相近，邈若胡与秦。惟念当离别，思情日已新。鹿鸣思野草，可以喻嘉宾。我有一樽酒，欲以赠远人。愿子留斟酌，慰我平生亲。"

吟诵酬答之间，苏武和李陵都涕泪横流、泣不成声，抱作一团，俨然生死离别。

李陵随行奴仆看到了，也忍不住为之感动，扭头抹泪。

在傍晚风雪中，李陵拜别苏武，转身离开的时候，忽然觉得，与苏武之叙，有一种许久没有了的畅快之意；拜别的时候，也像是拜别整个汉室。

走出好远的路程，苏武仍手持节杖，站在原地，心中悲苦莫名，也深为李陵之命运而不住叹息，时而抬起头来，眺望一下逐渐与大雪融为一体的李陵。李陵也是，走出了好远路程，还时时回头张望，脸上的凄苦与内心的煎熬，使得他像是一个于风雪中枯干的老翁，毫无血色。

公元前 81 年，汉匈再度修好。

汉昭帝念及苏武，派人出使匈奴，并特意交代打听苏武下落，尽量把他带回。汉使者常惠问及此，匈奴先说苏武已死。翌年，汉昭帝再派常惠出使匈奴，并见到了已经老迈的苏武。汉昭帝再派使者出使匈奴，常惠交代他们说，面见单于时，就说，我们皇上在上林苑射猎时候，射得一只大雁，脚上绑有帛书，帛书上写，苏武还没死，在你们北海牧羊。汉使照办。单于只好承认苏武还活着，并允许他回国。

苏武回国，是至为高兴的时刻，可对于李陵来说，却是最悲伤与绝望的时刻。但他不得不向苏武表示祝贺，特意置酒为苏武送行。席间，李陵泪眼蒙眬，哽咽不已，对苏武说："将军马上就要回到故国。在匈奴，你被人尊重；回到汉室，必定封侯，光耀祖宗。你的德行和功业，即使古代的那些贤哲、画像上的功臣，也都不如你。可是我李陵，虽然无能和胆怯，可假如先皇能够宽恕我，不杀我老母，我必定实现长期积蓄的志愿，就像曹沫在柯邑订盟那样。可是先皇不容我这样做，逮捕并杀戮我全家，堪称当世大辱。事情到了这个份上，我还能再顾念什么呢？如今，我已成异国之人，你我这一别，就是永世的隔绝了！"

说罢，李陵弹身而起，冲到屋外。

大雪纷扬，铺天盖地，朔风如雷，天地低昂。

李陵边舞剑边悲声唱道：

径万里兮度沙幕，为君将兮奋匈奴。

路穷绝兮矢刃催，士众灭兮名已溃。

老母已死，虽欲报恩将安归！

龙图大业
杨坚与隋时西域

1

　　陕西咸阳杨陵区五泉镇五上村，莽苍的平原上，一座土丘在旷野隆起，于时代不断转换的天空下，树木荒草，阡陌村舍，给人一种极度衰败与凄凉之感。或许没有人相信，这就是隋朝开国皇帝文帝杨坚的陵墓。从外形看，杨坚的泰陵显然是年久失修，且在历朝之中被冷落的时间最长。这种境遇，和其他王朝开国皇帝陵墓的宏伟和保护完好形成了鲜明对比。就此而言，杨坚及其子杨广在历史上的屡被冷落、被忽视甚至被惋惜唾骂的尴尬境遇，与他们在公元5世纪末和6世纪初的实际作为是极不相称的。公正地说，杨坚和杨广也是有为的皇帝，尽管他们有自己的缺点和致命伤。隋朝短暂如奠定郡县制、尊崇儒术、统一乱世、为后世封建帝国楷模的秦朝。在历史上，杨隋政权结束了自东汉末年以来的乱世纷争局面，再一次使得中国统一，并根据当时社会的历史实际，对封建政治体制、选官用人机制、经济和军事制度等方面进行了一系列卓有成效的改革与促进，特别是持续不断的疆土扩张、兴修通达南北的交通体系、对汉族主体地位的再度确认和巩固，都是值得一书的历史功绩。

杨坚出身将门，原籍陕西华阴，其父亲杨忠是北周奠基者宇文泰麾下一名猛将，在北周建立过程中，战功卓著，后晋位列八大柱国之一、仪同三司，封为隋国公，成为北周最显赫的士族之一。《隋书·高祖本纪》载，杨坚的先祖是东汉名臣杨震，后有在北魏时期镇守武川镇的杨元寿，元寿又生子杨惠嘏，为太原太守；杨惠嘏有子杨烈，任平原太守；杨烈又生杨祯，当过宁远将军；杨祯生杨坚父亲杨忠。

由此可见，杨忠与独孤、宇文家族早年间同在武川镇。一是汉化了的鲜卑族军人世家，一为汉族的地方行政长官。两家有着深厚的渊源。

但杨隋、李唐家族并非出自在北魏前期有着广泛影响的六镇武将集团。

所谓六镇武将集团，即北魏前期在他们的都城平城，即今大同以北边境设置了六个军镇，自西而东为怀荒（今河北张北）、柔玄（今内蒙古兴和西北）、抚冥（今内蒙古四子王旗东南）、武川（今内蒙古武川西）、怀朔（今内蒙古固阳西南）、沃野（今内蒙古五原东北）；至道武帝时开始在内蒙古河套地区以东、阴山山脉以南地区，设置沃野等六镇，用以防御来自北方边疆民族的侵扰，拱卫首都平城。后随北魏孝文帝东迁洛阳，推行汉化政策，军事上又注重对南方的开拓利用，六镇败落，公元 523 年，匈奴后裔破六韩拔陵起义，但被北魏联合柔然镇压之后，又分迁各地。

陈寅恪先生考证认为，杨忠出自山东贫寒之家。他的主要依据有二：一是杨忠妻子吕苦桃（杨坚母亲）为山东济南人，且是一个破落贵族；二是公元 577 年，杨坚灭掉北齐后，在山东一带寻找其母族人，后来做了皇帝，也还在寻找，后来济南郡上书说一个叫吕永吉的人姑妈叫吕苦桃，杨坚着人勘验确认无误，并追赠其外祖父吕双周为太尉、齐郡公，定谥为"敬"。

诸如此类的伪冒家族行为层出不穷，几乎每个皇帝都会为自己的家族找到显赫的渊源。就连李唐家族，也硬要和李耳（老子）、西凉国创始人李暠拉上关系。这是历史上一个普遍现象，不唯独杨隋、李唐。这种风气当然是一种恶习，是封建统治者借以抬高出身门庭，彰显其统治正确合法的一种惯用方式。虽然在世俗上无可非议，但这种做法流毒甚深。

杨坚父亲杨忠为军人，《周书》说："忠美髭髯，身长七尺八寸，状貌瑰伟，武艺绝伦，识量沉深，有将帅之略。"杨忠生于公元507年，小名奴奴。其父亲杨祯在讨伐六镇起义中战死，杨忠与其母随难民漂泊到齐国，后又投身尔朱荣（契胡也称羯胡人）。与之不合，带兵投奔梁朝，后随自立魏国的元颢（北魏宗室）与旧主尔朱荣的作战中，与贺拔胜、独孤信一起被尔朱荣的同族兄弟尔朱度律俘虏。尔朱度律见杨忠等三人长相魁伟，且又作战英勇，舍不得杀掉，就收在旗下为统军。

也就是说，杨忠又落在了尔朱荣手中。因为尔朱度律的赏识，不仅没被杀掉，还遇到了他在武川镇时候的旧友独孤信（鲜卑望族，本名独孤如愿）。两人本来是老乡，还曾相识，多年后再见，关系自然又加深了一层。从此后，杨忠便有了体己之人和臂膀。这可以看作是杨忠命运的一个转折点。按照民间的话说，独孤信就是杨忠一家的贵人和福星。

不料想，在随后的"荆州之战"中，独孤信、杨忠等不敌，暂时投奔梁朝。公元538年，梁武帝应贺拔胜的请求，将贺拔胜、独孤信、杨忠等三人放回，并亲自为他们送行。自此，贺拔胜、独孤信、杨忠等人对梁武帝感恩戴德，看到南飞的鸟儿都不舍得射下。回到长安，三人非但没有受到处罚，反而加官晋爵，更受重用。贺拔胜官居太师；独孤信为骠骑大将军，加侍中、开府等；杨忠也受到了当时西魏权势人物宇文泰的喜爱，留在自己帐下听用。杨忠半生，可以说都在离乱之中度过，投错过主公，也有过失败。直到与独孤信、贺拔胜回到西魏宇文泰手下，才结束了这种颠沛流离的生活。

2

宇文泰小字黑獭，一作黑泰。其先出于匈奴，自后燕归魏后，徙居武川，是北周王朝的实际创建者，也是当时西魏权倾朝野的核心人物。在士族风胜的年代，官吏和军人相互依附是常事，也是加官晋爵、施展个人才能的必由之路。但杨忠不是一个仅有人身依附就知足的人。当然，权势者喜欢某人，用其所长、为我所用是真正目的。

史书载，某日，杨忠随宇文泰到龙门（今山西河津市附近）狩猎，杨坚独自捕捉猛兽，左臂夹住兽腰，左手拔掉兽舌。在场的宇文泰连连赞叹。后在关系到西魏存亡的"小关之战"和"河桥之战"中，杨忠作战勇敢，升为征西将军、金紫光禄大夫。在"邙山大战"中，杨忠一马当先，冲锋陷阵，杀退敌军，再被擢升为车骑大将军，任都督，领朔、燕、显、蔚四州诸军事、朔州刺史，加侍中、骠骑大将军、开府仪同三司，并赐鲜卑姓为普六茹氏。

普六茹氏是皇族之姓，可见宇文泰对杨忠的赏识。也难怪，宇文泰有雄心，杨忠也有真本事，一主一仆，配合得非常默契，在战场上创造了不少骄人战绩。公元548年8月—552年3月，梁朝南豫州牧侯景率诸军在寿阳（今安徽寿县）起兵反叛，在台城（今江苏南京玄武湖南）击败梁武帝萧衍军队，南朝力量削弱，宇文泰趁机用兵，以杨忠为都督，连战连克，一举攻取了梁朝的齐兴郡（今湖北省钟祥长寿镇）和昌州（今重庆永川市辖境）。

杨忠不仅以勇猛著称，且优长谋略，深受宇文泰喜爱。在南北朝动荡之际，只要稍微有些实力者，就会觊觎更大的政治权力。有一次，杨忠发觉归附西魏不久的梁朝雍州刺史岳阳王萧詧怀有二心。为彻底打消萧詧铤而走险的念头，杨忠组织了一场军事演习，两千多名骑兵不断变换旗帜纵马奔驰，尘土飞扬，杀声震天。萧詧以为杨忠军队众多，实力强大，再行反叛的话，肯定讨不到便宜，就此打消了这个念头。不久，梁朝司州（今河南汝南或信阳）刺史柳仲礼率军攻打襄阳，留其部下马岫守城。宇文泰探得实情后，派杨忠南伐。杨忠不辱使命，不日攻克随郡，将安陆城包围。柳仲礼回师安陆，杨忠手下一些将领担心一旦柳仲礼援军到达，安陆就再难以攻下，应当立即攻城。

杨忠却说："对方以城固守，一时难以得手；我军也容易腹背受敌，不是良策。再说，南人擅长水战，不善野战，柳仲礼回援安陆，我们可以半道袭击他们，敌人赶路疲惫，我军士气正旺，到那时，一鼓作气，必定会一举拿下安陆。其他诸城守军，也必定会望风降服。"

为进一步鼓舞士气，杨忠抽选了两千骑兵，带着弓箭连夜出击，在淙头与柳仲礼军队遭遇。杨忠第一个杀入军阵，活捉柳仲礼。梁军顿失斗志，纷纷投降。马岫闻知柳仲礼被擒，也急忙开城投降。

杨忠深知一鼓作气、再而衰、三而竭的道理，趁着士气正旺，连续发动进击，数日之内，把梁朝的汉东之地（今湖北随州地区）尽数收入囊中。班师回朝后，自然得到了很多的封赏，进爵陈留郡公。

公元 537 年，杨忠、韦孝宽、王杰等人随柱国大将军于谨（字思敬，小名巨弥）和中山公宇文护远征江陵。眼看大兵压境，梁元帝萧绎急向将军王僧辨求援。王僧辨意图围魏救赵，但没能成功，江陵失陷。宇文护和杨忠占据江津，切断了江陵与梁朝东部的联系。交战中，梁军在大象鼻子上绑上长刀，多次冲垮西魏军队，众人纷纷躲避之际，杨忠立马张弓，射中大象。大象疼痛畏惧，掉头跑散。西魏大军趁机掩杀过去，梁军溃败。

公元556年12月，宇文护逼西魏恭帝禅位于宇文觉。次年正月，宇文觉代西魏为大周。杨忠出任蒲阪（今山西永济西）最高军事长官。北齐司马消难派人请降。杨忠和大将军达奚武带着为数不多的军队接应。二人深入北齐境内五百里，又先后三次派使者与司马消难联络都没有回音。达奚武怀疑事情有变，建议撤军回师，杨忠却说："继续前进才是生路，退怯必定死路一条。"①继续率兵向前，终于迎得司马消难。杨忠自领三千精干骑兵殿后，掩护司马消难西退。军队来到洛水以南，杨忠下令将士解鞍而卧。北齐军队追到洛水以北，隔河而望，士兵们很紧张，杨忠却安慰说："且把饭吃饱，我们所在的地方，是一个毫无回旋余地的死地，贼兵必然知道困兽犹斗这个道理，一定不敢渡河来和一群决死之士决战。"而当对岸齐兵作势要渡河之时，杨忠独身上马，在河岸上来回奔驰，并向齐军做出进攻姿态。齐军畏惧，转身撤离。

到北周保定二年（562年），北周的主要对手就是兵强马壮的

---

① ［唐］令狐德棻等. 周书·卷十一. 中华书局. 1971年11月第1版.

北齐。

北齐是由鲜卑化的高欢奠定基业，其子高洋建立的一个割据政权，疆域包括黄河以北今河北、河南、山东、山西、苏北、皖北等大部地区。高欢是汉化程度较深的鲜卑人，原名叫贺六浑，祖籍渤海郡蓨县（今河北景县南），世居怀朔镇（今内蒙古包头东北，一说内蒙古固阳）。公元523年，六镇爆发起义，高欢趁机扩充势力，后又投靠契胡酋长尔朱荣，参与了镇压破六韩拔陵、杜洛周、葛荣等起义队伍的战争。

公元530年，魏孝庄帝元子攸诱杀尔朱荣，高欢乘尔朱氏混乱之机，率众进据冀州（今河北冀州市），笼络当地世族地主，利用民族隔阂，联络了一定力量之后，再次反叛尔朱氏。公元532年，与尔朱兆二十万大军进行生死决战并取得胜利，进驻帝都洛阳，成为北魏政权的实际控制者。同年7月，高欢攻克晋阳，铲除尔朱氏势力，建立大丞相府，遥控朝政。

公元534年，高欢废北魏孝武帝元脩，另立元善见为帝，迁都邺城（今河北临漳），是为东魏孝静帝。与此同时，宇文泰西入潼关，拥立元宝炬为帝，史称西魏。北魏就此消亡，北方政权再度分裂。

斯时，突厥是继鲜卑和柔然（又称蠕蠕、芮芮、茹茹、蜹蜹）

之后，漠北地区最大的一个游牧部落，疆域东至辽海（今辽河上游），西濒西海（今咸海），北至北海（今贝加尔湖），南临阿姆河南。时任可汗名叫木杆，小名俟斤，一名燕都，《周书·异域》中说他"面广尺余，其色赤甚，眼若琉璃。刚暴，勇而多知，务于征伐"。木杆可汗先是率兵击灭了柔然后主邓叔子，又西破嚈哒（古西域国名，又名挹怛，挹寘，初名滑国。一般认为是和大月氏混血的匈奴人，东罗马史学家称为"白匈奴"。公元 484 年击败波斯建国，都拔延底城，即今阿富汗北法扎巴德）、东走契丹、北并契骨，威服塞外诸国，占据了今辽河上游、青海湖、腾格里沙漠以北、贝加尔湖等广大地区，宽约五六千里。

这又是一个强大的游牧民族，或者称之为以突厥民族为主体的大部落联盟更为恰当一些。木杆可汗的征讨，使得蒙古高原的其他民族皆臣服其下；而在中原，北齐兵多将广、国家富裕，自然占强势地位。宇文觉刚刚篡权，千头万绪，既要摆平各种矛盾，又缺乏相应的经济支持，实力自然要比北齐差一些。

当时，北齐与吐谷浑关系尚好，而与突厥交恶。北周曾以联姻的方式，请突厥共同夹击北齐。当时，群臣都说还不是攻伐北齐的时候，即使打，难度也非常大。杨忠却说："取得作战胜利的基本要素在于人和而不在人多。给我三万骑兵，就能灭齐！即使斛律明月（名光，高车族，号称"落雕都督"）亲自指挥，也不在话下！"

斛律明月是高车人，性情刚直，深有韬略，治军严格。每逢作战，斛律明月总是靠前指挥，部队战斗力极强。尤其是在与北周的频繁战争中，斛律明月从没有打过败仗，北周将士都很怕他。

公元564年，杨忠统辖杨纂、李穆、王杰、田弘、慕容延等，由北路伐齐。达奚武率马步军三万，由南路伐齐。沿途，杨忠攻陷北齐二十多座军镇。次年正月，与十万突厥兵会攻晋阳，正值大雪纷飞，寒风凛冽，北齐集中精锐部队展开反击战。突厥突然引兵不战，站在一边看热闹。周军兵少，不少人担心，杨忠却说："凡事自有天命，不在人数。"说完即跨马，亲带七百人，与北齐军队步战，部署多半损伤。

这一次战争，互有损伤，但还是以北齐占上。次年，宇文护再派杨忠出沃野镇，接应突厥木杆可汗一同伐齐。走到半途，所带军粮所剩无几。为鼓舞士兵，杨忠用计，让王杰假装擂鼓，并说是来了援兵，又让人假传宇文护攻克洛阳，突厥拿下太原的胜利捷报。原来不想为北周做炮灰的稽胡（匈奴部落中一支杂交种族）首领闻听，积极筹集粮草，效忠于北周。

3

公元541年7月，一个月明星稀的晚上，杨忠正随着独孤信在疆场上厮杀，五胡十六国的天空下，到处都是兵戈战火。这时，一个男孩在陕西冯翊（今陕西大荔县）般若寺（现已不存。按照当地风俗，贵族子女出生时，必须到寺院分娩）内出生。这个男孩就是杨坚。杨坚一出世，本来晦暗的天空充满了某种灵异现象。史书上说"紫气充庭，神光满室"，端的是一派"天将降大任于斯人也"的宏大气象。

一个仙风道骨的尼姑见到杨坚，开口说了一番令人振奋的话："此儿所从来甚异，不可于俗间处之。"意思是说，我从来没见过这么神异的孩子，不能和一般俗人一起相处。说完，尼姑立即放弃云游生涯，把杨坚带到她的别馆亲自侍养。年岁稍长，杨坚确实异于常人，长着一个骊龙的下巴，额头上有五道形似柱子的暗纹盘旋冲上脑颅，眼睛特别有神，左手掌中的纹路自然形成一个"王"字。某一日，母亲吕苦桃正抱着杨坚喂奶，忽见杨坚头上长出了角，遍体（龙）鳞起，吓了一跳，把杨坚摔在了地上，那位神尼惋惜地说：

"你已经惊吓了这孩子，得天下的时间要晚一些了！"①

此时，西魏文帝元宝炬与东魏孝静帝元善见同时在位，各路士族拥兵自重，各个自立王朝之间战火频仍。杨坚的出生，并不算是什么重要事件。在此之前，从三皇五帝到汉武光武，甚至包括沮渠蒙逊、秃发乌孤、慕容皝等人在内，大小皇帝们在出生时的某些现象都是极其诡异的。这种神授其权的刻意渲染和文学笔调宣传，在正史上绵延不绝，且只能皇帝专有。直到现在，还有一些老百姓口口相传。

可彼时年月，在尼姑身边，杨坚对外界可能一无所知。若不是有因军功不断获得政治和社会地位的父亲杨忠，杨坚日后出头的可能几乎是没有的。长到十三岁，即公元553年，杨坚回到父母身边。此时的杨忠，已经是都督朔（今山西朔州）、辽（今辽宁辽阳）、显（已无可考）、蔚（今河北蔚县）诸军事，晋爵为陈留郡公的当世贵族和名将了。

几年后，西魏文帝驾崩。魏废帝继位，宇文泰集团控制了西魏朝政。杨坚被送入太学，为其日后发展奠定了基础。太学不是一般

① ［唐］魏徵等.隋书.中华书局.1973年8月第1版.

人可以进入的学校，这其中自然有杨忠地位显赫之原因。

可杨坚在太学的成绩并不理想。杨坚性格内向，言语又少，举止还特别庄重。所有这些表现，盖因其天生容貌特别，后终为开国皇帝之故。对此，后来成为杨坚主要智囊之一的李德林在其《天命论》中说，皇帝体形和相貌有很多奇异之处，他的脸上分别有太阳、月亮、江、河、湖、海，赤龙自通，额头宏大，两边是高耸的颧骨，代表极权，弯回抱目，嘴巴像是一个四字，声音就像钏鼓，手心有王者的纹路，这是受天称帝的象征，是上天的命令，不可更改；眼神闲雅，看起来就像神灵一样明澈，这也是气通诸神、囊括宇宙的表现；看起来威仪规范，十分可敬，且慈爱也可亲。

关于相术，五胡十六国时期貌似十分流行，几乎每个臣子都很在意，也都懂得，且许多说法与事实颇吻合。这可能是一种风气，也与当时的教育有关。因为相貌特异，尽管学习成绩很不好，杨坚还是颇受人尊重。史书上还说，即使是他最好的朋友，也不敢随意和杨坚开玩笑。这其中，一定有着某种虚构的成分，想借此说明杨坚有不怒自威的皇帝貌相。

杨坚十六岁那年10月，宇文泰死，西魏恭帝被宇文护所逼，禅位于宇文泰之子宇文觉，改国号为周。

北周年代开始，杨坚也因父亲之功被朝廷封为骠骑大将军，加开府。一个十六岁的孩子得此官职，在以关陇武将集团为主要政治和军事力量支撑的年代，这种封赏自然是合理的，也是北周宇文家族为笼络武将采取的必要手段。

宇文泰第一次见到杨坚，就认为这小子不同凡响，感叹说："此小儿有如此非凡样貌，不像是寻常之人。"公元557年，杨坚十七岁，宇文护专断，北周孝闵帝不甘屈于其下，密谋除掉宇文护。结果事不凑巧，计划被宇文护获知，旋即被逼退位，不久被杀死。

宇文觉死后，宇文泰长子宇文毓被拥立为皇帝。宇文毓即位后，为拉拢人才、扩大势力，封杨坚为右小宗伯，进封大兴郡公。功高遭嫉，朝中权臣、内臣等对杨坚的猜忌较多，原因就在于他与众不同的相貌和沉着的性格。为了消除疑虑，宇文毓就派经常穿梭于王侯官宦门厅的术士赵昭（北周时期有名的星相家）去杨坚家探看虚实。赵昭进门，见到杨坚的一刹那就大惊：这不是凡人的相貌，乃是万人之中第一大贵相。然后又谨慎地对杨坚说："你将来肯定是皇帝，但必须在大诛杀之后，才能定天下。"①

---

① [唐]魏徵等. 隋书. 中华书局. 1973年8月第1版.

　　赵昭回去复命，却没有对宇文毓说实话，只是说杨坚最大的福相也不过是一个柱国而已。赵昭显然是在为自己留后路。

　　公元 560 年，宇文护毒死宇文毓，立宇文邕为皇帝，是为周武皇帝。杨坚再一次升职，出任随州刺史。再回来时，其母亲得病，三年卧床不起，杨坚昼夜侍候。世人听说后，都夸杨坚"纯孝"。对此，有两种猜测：一是杨坚果真纯孝，毕竟，他幼时父亲杨忠不在身边，母亲吕苦桃又出身寒微，在最初的日子里，肯定也吃了一些苦，对母亲孝顺，也可能出自其真心；二是杨坚藉此来掩盖朝内对自己的猜疑，躲避随时都可能发生的杀身灭门之祸。

　　在宇文护和皇帝身边，也有不少人坚持趁早杀死杨坚，以绝后患。其中，齐王宇文宪老早就对周武帝说，普六茹坚相貌非常，"臣每见之，不觉自失。恐非人下，请早除之"。内史王轨也曾冒失地对宇文邕说："我看您所立的皇太子没有当皇帝的相貌，而普六茹坚有反相。"宇文邕听了王轨一番话，很不高兴，但也没有责罚王轨。此外，周武帝宇文邕还说了一句非常出人意料的话："必天命有在，将之若何？"[①]他的意思是说，倘若杨坚命中注定为皇帝，或者宇文

_____

　　① [唐] 令狐德棻等. 周书. 中华书局. 1971 年 11 月第 1 版.

赟（皇太子）没有当皇帝的命，人力又能如何呢？宇文邕和大多数非要把江山传予本家子嗣的皇帝不一样，有一种听天由命的无奈感，也有一种顺其自然的超脱意味。

4

因为父亲勇敢有谋、屡建功勋，杨坚仕途通顺，可在险象环生、瞬息万变的北周王朝政治环境中，再大的官职也难保不遭遇飞来之横祸。由此可见，官场实际上是一种更深刻的江湖，这个江湖水之深、暗涛之多、风向之繁复，是任何江湖都无法比拟的。特别是在绵延三百多年的你代我篡的乱世政治当中，若是各种条件具备，臣子与皇帝易位只是瞬间之事。

而杨坚也因此受到了某种鼓舞，这种流言在皇帝看来是大忌，但在杨坚心里，可能是一种激励。术士可以看出杨坚能成一代帝王，怎么没看出他最终苦心建立起来的王朝二世而亡呢？从这一点上说，关于某人有天相的说法，可能也是一种古老的有效的激励教育法。

就在此时，独孤信及时向他伸出了手。独孤信也和其他人一样，认为杨坚这个人前途无量，将来可能会开朝立国，成一代雄主。思量之下，就将他的七女儿许配给杨坚为妻子。独孤信是北周政权六镇武将集团中与宇文护军事集团并驾齐驱的核心人物，在北周建国初期，受命镇守陇右。①

陇右之地，是北周政权门户。北周初期，其力量本来就弱于北齐及塞外大漠的柔然和突厥。《周书》称："太祖宇文泰初启霸业，唯有关中之地，以陇右形胜，故委信镇之。既为百姓所怀，声震邻国。"因为功勋至高，北周初期，独孤信由西魏柱国大将军、尚书令、大司空转任北周太保、大宗伯，封为卫国公。独孤信不仅地位显赫，其长女还是周明帝的皇后。杨坚结上了这门姻亲，地位和权势自然也跟着上升。

有了这层关系，杨坚在北周的政治地位愈加牢固。后来，周武帝又将杨坚和独孤信七女所生的长女聘为皇太子妃。宇文邕对杨坚"益加礼重"。与此同时，宇文宪、王轨等人对杨坚的猜忌之言也接踵而来。但杨坚活该命大，先有术士来和②及赵昭为其开脱，又有了

---

① 王仲荦的《北周地理志》中说："谓陇山之西为陇古，秦州总管府且称为陇右府……"

② 来和（？–595年），字弘顺，少好相术，所言多验。著有《相书》四十卷。

独孤信的庇护，自然是一般人难动他分毫。

周武帝还是一个有作为的皇帝，铲除权臣宇文护后，又进行了一系列"静在宁民"的政策，使国内矛盾趋于缓和。周武帝亲自上阵，开疆拓土。这对于杨坚而言，也是一个摆脱猜忌与危险的大好时机。公元575年，周武帝亲自统率大军进击北齐。杨坚与广宁侯薛劢率水军三万，自渭水①入黄河，在河阴（河南孟津东北）击败齐军，晋位上柱国。

577年，周武帝再次伐齐，至邺城围城，齐军死守，北周军队奋起，数日破城。北齐幼主高恒禅位于任城王高湝②，北周乘势前进，追至青州（今山东青州市），俘获北齐太上皇高纬、幼帝高恒。同年2月，杨坚与宇文宪带兵截击任城（今山东任城县）王高湝南下的军队并一举击败，俘获高湝。北齐就此灭亡，其所辖五十州、一百六十三郡、三百八十县尽入北周版图。

杨坚与宇文宪马不停蹄，又接连攻下冀州（今河北邢台），被任

---

① 渭水，发源于甘肃省渭源县鸟鼠山，黄河第一大支流，由陕西省潼关汇入黄河。

② 高湝（？-577年），今河北景县人，北齐政权奠基者高欢第十子，此次禅位，使其成为名义上的北齐皇帝。

命为定州（今河北定州）总管，后转任亳州（今安徽亳州市）总管。公元578年，年仅三十六岁的周武帝因病重从前线返京，死在半路上。

周宣帝宇文赟继位后，杨坚虽然是他的老丈人，可宇文赟对杨坚的猜忌比周武帝更加深切，公开扬言说：终有一天，我会杀光你的全家。后来，为了验证虚实，周宣帝预先在皇宫埋伏杀手，然后召杨坚进攻。杨坚若是神色紧张，立即斩杀；若是泰然自若，就暂且放他一马。果不其然，杨坚进宫后，问答之间神色不乱，免于罹难。

周宣帝宇文赟为人刻毒残暴，当上皇帝后，接连诛杀了王轨、宇文孝伯、宇文宪等人，连坐了与宇文宪极为亲近的上将军安邑公王兴、上开府仪同大将军独孤熊、开府仪同大将军豆卢绍等人。就连杨坚家里也不得安宁，宇文赟要废掉平素不好争风吃醋、贤淑端庄的杨皇后，即杨坚的女儿。杨坚妻子独孤氏闻听后，亲自上殿求情，直到把额头磕出了血，宇文赟才答应放过杨皇后。

杨坚隐忍、郁闷之余，也私下对人说，看皇帝那样貌，也不像是一个长寿之人，他死了，我们该怎么办呢？此话虽有些刻毒，但身在险境，杨坚的忧虑可想而知。为避开一切祸端，杨坚再次找到他在太学时候的老同学内史郑译。郑译是荥阳开封人，幼聪颖，博览群书，工骑射，尤善音律，在北周以给事中士起家，累迁至内史上大夫，封沛国公。杨坚找他的目的，是请他帮忙给自己找一个到外地任职的机会。郑译知道杨坚将来不是池中之物，自己虽然跟着宇文赟干了不少坏事，但也想留一条活路，便找了一个机会，让杨坚出藩，也就是到外地任职。

杨坚一方面拉拢皇帝身边的人，一边与朝中望族、贵人搞好团结。这样做用来自保，也用来积攒力量。其中有骠骑将军庞晃（字元显），杨坚在任定州总管时，有一次，庞晃对杨坚说："你一副异于常人的相貌，一定有帝王之命。要是发达了，一定不要忘记我。"杨坚听了，笑着说："这是什么话！怎么能有这样的想法呢？大逆不道啊！"但心里美滋滋的。后有一只斑鸠飞过，杨坚曾以开玩笑的口吻对庞晃说："你要是射中了这只鸟，日后我真的做了皇帝，你可以带上这鸟儿前去领赏。"

杨坚去亳州赴任时，庞晃劝他此时起兵，夺取天下。杨坚也非常高兴，握着庞晃的手说："兄弟，时机不成熟啊！再等等吧！"从这件事上，可看出杨坚的志向，也时时刻刻为实现代周的最终目标做各种准备。事有凑巧，宇文赟这个荒诞好淫的皇帝在残杀忠臣良将之后，另出新招玩乐。《周书》说："宣帝初立，即逞奢欲。"也确实不像话，北周武帝死了还没安葬，宇文赟不仅毫不悲伤，还抚摸着自己脚上被周武帝打的伤痕，对着父亲的尸首大骂："你死得太迟了！"然后下令先帝的嫔妃宫女列队由他逐一察看，相中者即纳入后宫自己享用。又别出心裁，分封五大皇后：杨坚的长女杨丽华位列第一，叫天元大皇后；剩下的分别为天大、天右、天左大皇后。

杨丽华虽为杨坚之女，位列五大皇后之首，但性情温和，从不嫉妒，也不在后宫闹事。可能是因为宇文赟看不上并一直想借机杀掉杨坚的缘故，时常找些碴子，责骂杨丽华，杨丽华力争，宇文赟就逼她自杀。

性情残暴再加淫乱无度，不到一年，宇文赟就暴病而哑，不能开口说话，濒死之相昭然。这是杨坚的转运时刻。郑译、刘昉等人以杨坚乃是皇后之父，皇帝马上就要完蛋了，杨坚理应在场为由，坚持请杨坚进宫服侍。

这当然是杨坚事先工作做得扎实的结果。不然，宇文赟其他几位皇后也是出自名门望族，何来杨坚一人入宫陪侍？这也是杨坚一番苦心多年经营的结果，当然也离不开他的智囊。郑译、刘昉遂派人叫来杨坚。当晚，宇文赟死。杨坚与郑译等商议，决定秘不发丧，并篡改遗诏，以杨坚"总知中外兵马事"①。十天之内，把军政人事安排妥当后，才对外宣布皇帝驾崩。

年仅八岁的宇文衍（后改名为阐）继位后，杨坚总揽大权，"假黄钺，左大丞相，百官总己而听。"②至此，受尽猜忌、百般逃脱诛杀的杨坚，谋取了北周政权的最高权利，将宇文阐作为一个傀儡摆在台上，并借北周的名义，对地方反叛和朝内异己势力进行清洗，为顺利以隋代周开辟了广阔道路。

5

谋逆上位，取而代之，是五胡十六国时期最常见的一种政治景观。在彼时周朝，有此想法的可能不仅是杨坚。杨坚成功的原因有三：一是地位，这当中既有其父杨忠积攒的功勋，也有他自己在军事方面的才能及战果；二是他攀上了独孤信，尽管独孤信后来遭到诛杀，但杨坚的女儿成为皇后之后，又使其凭空多了一个成功的阶

---

① ［北宋］司马光等. 资治通鉴·高宗宣皇帝下. 中华书局. 2013 年 5 月第 2 版.

② ［唐］魏徵等. 隋书·高祖. 中华书局. 1973 年 8 月第 1 版.

梯，若不是皇帝的老丈人，郑译、刘昉等人也不会让他参与皇帝临死时候的大事决断；三是杨坚的"深自晦匿"策略，成为了他出奇制胜的手段，若不是他能够审时度势，弱时藏匿收敛，强时凌厉风行，他的谋逆也不会成功。

由柱国晋位左丞相后，杨坚大权在握，迅速摆脱了实际上并无多少才能的郑译和刘昉等人，转而重用李德林。李德林这个人很不简单，原籍博陵（今河北安平县），幼时极聪敏，六岁能背诵左思《蜀都赋》。高隆之（本姓徐，字延兴，后人尊称其为"冶炼老祖"）见到李德林后，十分称奇，逢人就说，这孩子以后肯定是朝中"伟器"。因为他这句话，很多人好奇，以致去李德林家看的人络绎不绝。长到十五岁，李德林遍习五经及古今文集，还热衷于阴阳五行。

十六岁时，李德林父亲去世，当时有名的大臣都来吊唁，且不敢带太多的随从，可见时人对李德林的尊重程度。可李德林却无心当官（抑或早已预料到当朝之短命），任城王高湝（时任北齐定州刺史）看重他，把他召入州立学校，朝夕同游，后又推荐给尚书令杨遵彦。杨遵彦为了验证李德林才能，让他现场写了一篇《让尚书令表》，李德林不假思索，当场写就，且不需修改。杨遵彦把李德林文章拿给当时北齐俊杰之一礼部郎中陆卬（字云驹。少机悟，美风神）看，陆卬当即夸赞说："我看李德林的文笔，浩浩如长河向东奔流，和我以前看到的相比，包括后来人写的，在他面前不过是小河小溪罢了。"[1]后在杨遵彦的主持下，李德林参加了朝廷组织的考试，当然也以优异成绩得中高分，授殿中将军之职。

但李德林对此官职却不满意，称病还乡，闭门守道。杨坚总理朝政时，杨惠专门找到李德林，请他出来效力杨坚。李德林回答得很干脆，愿意效忠至死。杨坚接到回告非常高兴，立即请李德林到内宫密谈。李德林出主意说，你还是当大丞相，不要当那个大冢宰。大丞相能够凌驾于郑译和刘昉之上，朝廷一切事务，全由你一人决断；大冢宰只是一个虚名，没有实权。

杨坚当即按照李德林所言实施，任命李德林为他的丞相府附属，加仪同大将军的礼遇。为了消灭异己势力，李德林参与了谋划。第一步借皇帝驾崩之际，召当时宇文家族最有名望的尉迟迥（山西大同人，鲜卑族，宇文觉外甥，能征善战，好施爱士，位望崇重）回朝参加葬礼。尉迟迥知道这是杨坚扫除异己之计，引兵群起讨伐杨坚，一时间应者云集，兵马达到三十多万，可见尉迟迥在当时的名望。

---

[1] ［唐］魏徵等.隋书·李德林传.中华书局.1973年8月第1版.

　　杨坚将藩王收复后，以韦孝宽为行军元帅，郕国公梁士彦、乐安公元谐、化政公宇文忻、濮阳公宇文述、武乡公崔弘度、清河公杨素、陇西公李询等人为行军总管，率领大军讨伐尉迟迥。尉迟迥也四处联络，策反了不少地方。但在太原李穆那里遭到拒绝，徐州总管源雄、东郡（河南滑县）太守于仲文也不服从。

　　与此同时，杨坚分派于仲文为河南道行军总管，讨伐檀让；派太原总管李穆讨伐宇文胄。不久，郧州（治安陆，今属湖北）总管司马消难、益州总管王谦也起兵响应尉迟迥。一时间，北周之内迅速形成了杨坚和尉迟迥两大阵营。

　　尽管尉迟迥兵强马壮，响应者众，但还是败在了韦孝宽（名叔裕，字孝宽，京兆杜陵即今陕西西安南人）大军手下，尉迟迥在城头自杀。司马消难带大军及属地投奔陈国，王谦将新任命的益州总管梁睿拒在汉中。杨坚任命梁睿为行军元帅，讨伐王谦。

　　在北周朝廷当中，杨坚也差点遭到赵王宇文招的谋害，幸亏有元胄（魏昭成帝之六代孙）死命保护，才得脱险。半年后，在韦孝宽、王谊、梁睿等人的全力帮助下，基本上平定了各方的叛乱，杨坚全面掌握了北周王朝的最高权力，为实现以隋代周的最终目的扫平了障碍。

　　杨坚通往皇帝的道路并不平坦。在纷乱的北周朝臣中，有可以收买的，有政治投机者，有的人则宁死不从。不仅是杨坚时代如此，在漫长的封建时代，几乎每个朝代的臣子都由这三部分人构成。于此期间，对杨坚贡献最大的将军应当是韦孝宽。他带兵出征时，已是六旬以上高龄，这位征战一生且屡建功勋的老将军，至今还受人尊敬。但讨伐尉迟迥胜利不久，韦孝宽就因病去世了。另外，还有一位将军——高颎，也是杨坚以隋代周乃至隋初谋略深远、战功卓著的将军，为杨氏家族的皇朝立下了汗马功劳。

　　高颎之父高宾，渤海人，后自称河北景县人，原是北齐龙骧将军，《周书》载："宾少聪颖，有文武干用。仕东魏，历官至龙骧将军、谏议大夫、立义都督。同列有忌其能者，谮之于齐神武。宾惧及于难，大统六年，乃弃家属，间行归阙。太祖嘉之，授安东将军、银青光禄大夫。"时任大司马的独孤信识其才，也很重用他，常问计于高宾，并赐姓独孤氏。后独孤信被宇文护毒杀，高宾也受到牵连，发配四川。

　　高颎"少明敏，有器局，略涉书史，尤善词令"[1]。高颎幼年在

---

　　①　［唐］魏徵等. 隋书·高颎列传. 中华书局. 1973 年 8 月第 1 版.

四川度过。有传说曰：高家有柳树，高达百尺，犹如巨大的冠盖，村中的老人们便说"此家当出贵人"①。十七岁时，高颎被北周齐王宇文宪引为记室。武帝时，袭爵武阳县伯，除内史上士，不久又迁下大夫，以平齐之功拜开府。北周宣帝即位后，高颎随越王宇文盛平定了稽胡叛乱。

杨坚掌控北周大权后，深知高颎精明强干，又通晓军事，多计略，便想得其辅，于是派邗国公杨惠前往示意。高颎也知杨坚今后必成大业，欣然承命说："非常愿意为你效劳。即使你的事情不成，我就是被灭族也心甘情愿！"②杨坚遂引高颎为相府司录，自此之后，高颎便成为杨坚的心腹之臣。及至杨坚受禅登基，成为隋代的开国皇帝，高颎仍是他属下建树最多、功勋至高的名臣之一。

6

北周大定元年正月，即公元581年2月，北方仍旧阴冷，风吹着长安，也吹着附近的阡陌村舍，而城中则是热闹的。宇文阐虽然

---

① ［唐］魏徵等. 隋书·高颎列传. 中华书局. 1973年8月第1版.
② ［唐］魏徵等. 隋书·高颎列传. 中华书局. 1973年8月第1版.

少不更事，但也从宫中的纷乱中觉察到了什么，这对于一个只有九岁的孩子来说，是有些残酷的。而另一方面，大丞相杨坚则踌躇满志，属下人马正在打制皇家器皿，赶制皇帝服装及一应用品。杨坚的心自然是蓬勃犹如江河，多年的处心积虑、深自晦匿的忍让与辛苦终于拨云见日，少小时候的谶语与伴随不断的臣子预言得到了证实。但不可小看的敌人还有偏安江东的陈朝（由平定"侯景乱梁"的陈霸先代梁自立）、北方边疆的突厥两大军事势力。杨坚听从李德林、高颎等谋臣的建议，暂时与突厥、吐谷浑维持好关系，全力对付陈。

杨坚篡权成功，恢复汉制，从一定程度上挽救了汉族倾颓、匈奴和鲜卑后裔占领北方的危险。为收拾残局、积蓄实力，杨坚进行了一系列的改革，如推行均田制和租调力役制、建立三省六部制，在地方推行州县制，改革府兵制等措施，根据实际情况，制定《开皇律》等，以确保加快社会经济发展、巩固中央集权、提高军队战斗力。为尽快实现全国统一，杨坚费了一番心机，也有一些切实作为。一是加强对南方的经略，为伐陈提供支持；二是用三年时间，动员数十万人力，在北部边塞如朔方（今内蒙古乌审旗南白城子）、灵武（今宁夏灵武西南）一带加长城，修建军事要塞，以防在伐陈时，突厥趁机南下。

杨坚问计于高颎。高颎不愧是战略家，向杨坚进言说，待江南收获时，我军扬言进军伐陈，陈必然慌张收割储藏，这样一来，陈国虚耗，于我有利。杨坚听从。公元587年，杨坚征召已经是隋朝附庸的西梁皇帝萧琮（西梁后主，即惠宗靖皇帝）来朝。萧琮带着二百多名朝官前来。杨坚又派崔弘度带兵戍守江陵。萧琮叔父萧岩、弟弟萧瓛投奔陈国。

588年11月，杨坚令介州刺史李衍在襄州道（湖北襄阳）、杨素于巴东郡（治今四川奉节东）分别建造"五牙"（装有拍杆的大型战舰）、"黄龙"战船，着力加强水师建设。为消磨陈国军人斗志，建造船只时，隋军故意在江中扔下一堆废料。

另一名将贺若弼见酬父愿的时机已到，卖掉老马，大量购买旧船，藏匿起来，又买破旧船只五六十艘，泊于小河，使陈军以为隋军没有战船。贺若弼父亲贺若敦也是北周将领，素以勇猛而闻名，任金州刺史。北周保定五年（565年）十月，贺若敦因口出怨言，为北周晋王宇文护所不容，被逼自杀，临死前嘱咐贺若弼说："我一生的志向是平灭江南陈国，现在看来，这个愿望完不成了，心有不甘，你应当继承我的遗愿。我也是被人构陷致死的，这一点，你也要有所警惕和思考。"说完，用锥子刺破贺若弼额头，令其谨记。

公元 589 年 3 月，隋文帝杨坚下诏，列举陈后主罪行，又送玺书给陈朝，曝其罪恶二十条，并将诏书在江南散发三十万份，争取人心。杨坚陈列北齐罪行，其实自己也是罪人。胜王败寇法则不仅可以使得胜者信口雌黄，在有些时候还可以作为一种悦耳动听的说辞。不过，陈朝也确实不得人心，有人作《桃叶》诗云："桃叶复桃叶，渡江不用楫。但渡无所苦，我自迎接汝。"①以表达盼望南北统一、厌恶腐朽的陈王朝统治的心情。

同年，杨坚设立淮南道行台省（今安徽寿县），以晋王杨广为尚书令，主管灭陈之事。山南道行台尚书令杨俊、清河公杨素为行军元帅，高颎为晋王元帅长史，右仆射王韶为司马，集中水陆两军五十二万，统由杨广节度，分八路攻陈。

其中，杨素指挥水军主力，出巴东郡，顺流东下，与荆州刺史刘仁恩军相配合，一举袭占狼尾滩（今湖北宜昌西北），继而攻克歧亭（今长江西陵峡口）、延洲（湖北枝江附近江中），击破上游陈军防御，消灭长江及沿岸陈水陆军。杨俊指挥上游三路进攻江夏（今

---

① ［唐］魏徵等. 隋书·五行志. 中华书局. 1973 年 8 月第 1 版.

武昌），以扼控长江，在汉口（今湖北汉水长江口）以西阻止上游陈军东援，为下游隋军主力进攻陈都建康（今南京）创造了有利形势。晋王杨广指挥下游五路，渡江进攻陈都建康。11 月，文帝至定城（今陕西华阴东）誓师，准备渡江的各路隋军进抵长江北岸，完成进攻准备。

杨广攻陈主要分三步走：一是占领长江上游，对陈形成巨大的军事压制；二是趁敌不备，分路渡江；三是水陆并进，内外策应。在这次战役中，杨广的军事才能得到充分展现，其主要将领贺若弼、韩擒虎、宇文述、杨素、王世积、燕荣等同心合力，在进攻路途上接连胜利，并成功包围建康，不日攻克，陈朝自此灭亡。

解决了陈的问题，实现了北方和南方的统一，这只是杨坚志向或者统治要求的第一步。在西梁和陈两个政权还存在的时候，北周对北疆的突厥采取的是忍让、出钱出物保平安的策略。在北周末期与北齐时期，两个中原王朝都畏惧突厥的势力，争相拉拢讨好，每年给突厥大量的钱物，以维持边境安全。

其中，北周还与突厥结为姻亲，周武帝迎娶了木杆可汗的女儿，立为皇后。

两者相争，他者得利。一边享受两个王朝的供奉，一边随意劫掠边境，突厥得到的实惠更多，使得突厥时任可汗佗钵（木杆可汗弟，公元 572 年继位）愈发不可一世，公开宣称：南朝我两个儿子都非常孝顺，"何患贫也"。

可惜好景不长，堡垒最容易从内部攻破。581 年，佗钵可汗死，突厥内部经过一番猜忌和斗争，再次分裂成五个部落。"佗钵之子庵逻被迫让位于摄图，称为沙钵略可汗，牙帐设在于都斤山（于都斤北面与西突厥接壤）；庵逻被封于独洛水（今土拉河），称第二可汗。木杆之子大逻便被封于金山（今阿尔泰山），称阿波可汗。室点密之子达头可汗原驻牧于乌孙故地（今伊犁河上游地区），沙钵略之弟处罗侯则管辖东面奚、霤、契丹、靺鞨等分布地区，称为叶护可汗。"①公元 562 年，突厥内部发生分裂后分成东西突厥。

所谓的奚，南北朝时自号库莫奚，隋唐后简称为奚；库莫奚为鲜卑语音译，为今蒙古语"沙""沙粒""沙漠"之意。霤，隋唐时居潢水（今西拉木伦河）以北，东接靺鞨，西至突厥，南邻契丹，北接乌洛侯；以射猎为生；以赤皮为衣缘，妇女衣襟上下悬小铜铃，习俗与契丹相近；其都伦纥斤部落有牧民四万户，兵万余名。契丹，

---

① 林幹. 突厥与回纥史. 内蒙古人民出版社. 2007 年第 1 版.

中古时期出现在东北地区，活动在辽河上游一带；北并契骨（又作结骨、纥骨，今柯尔克孜族先祖）。鞑靼，原名为 TATAR，居住在呼伦贝尔地区的蒙古语族部落之一，最早记载见于公元 732 年突厥文《阙特勤碑》，称 OTUZ-TATAR（三十姓鞑靼），概称突厥东面、契丹之北的蒙古语族诸部，当因其中 TATAR 部最强故有此名，大抵相当于汉籍中的室韦。

这几个可汗当中，沙钵略的人口最多，力量也最大。早在北周时期，杨坚就对当局对突厥的忍让颇有怨言。以隋代周后，这种态度更加强烈。在灭陈之前，杨坚就对突厥进行了大规模的攻伐。由于内部权利纷争，自相残杀，再加上隋军的进击，突厥很快被隋朝降服。与此同时，杨坚也效仿赵武灵王和蒙恬，一边打一边修建长城。

在杨坚看来，唯有隋朝是天下宗主，突厥、柔然、吐谷浑、稽胡、靺鞨等北部边疆少数民族都应当是天朝治下的子嗣与奴仆。杨坚曾说："普天之下，皆是朕臣妾。"①他的要求并不高，就是这些民族也是自己的臣民，只要这些民族向隋称臣，岁岁纳贡，与中央政权始终保持依附与被依附的关系，服从命令，听从征调就可以了。

① ［唐］魏徵等.隋书·吐谷浑传.中华书局.1973 年 8 月第 1 版.

　　因此，杨坚为这些民族起名叫作"大突厥""赤子""纯民""臣妾""儿""贡奴"等，不一而足。①以正统汉族自居的杨坚，对北方民族的态度是很明确的，也将孔子的君臣纲常引入到民族关系上。这一思想不仅是杨坚，即使他的后世杨广及李唐、赵宋、忽必烈后代和明清，都如此。而往往不如愿的是，政治有时候受制于军事力量强弱。隋灭陈、废西梁，也是靠着军事力量和政治优势做到的。

　　边疆诸民族也是一样，你强大我依附，你衰弱我起哄：你力量不支我就打过去，你力量大了我再退回来。这样的一种民族性格，其实和匈奴"利则进，不利则退，不羞遁走"本质上是一致的。因为，在生存权和政治权上，无论是哪个民族都喜欢把自己推向前台，做号令天下的至尊王者。杨坚和杨广父子俩投入了这种雄心大业。而偏偏在这时候，西突厥的达头可汗凶悍好斗，与东突厥相互攻伐、自相削弱，给隋带来了难得的时机。裴矩和长孙晟的分化策略取得了实际效果。

7

大风如雷，人站立不稳，几欲扑倒。两边悬崖高山，岩石深嵌，草木锐响。一条由北向南的河流在乱石之间穿梭激荡。朋友告诉我，这里是甘青交界的扁都口，隋称大斗拔谷。公元 605 年 6 月，隋炀帝杨广亲自带兵出洛阳，由今宁夏、青海境内进入甘肃焉支山和张掖境内。大军途经大斗拔谷（属祁连山南麓）时，突遇六月飞雪、狂风怒吼，不少将士冻死，其最爱的一个妃子也在这里丢了性命，坟茔至今仍存。

在西北 20 年，我先后去大斗拔谷，即今甘肃民乐县境内扁都口两次。一次是由张掖再民乐进入，与当地的朋友只是在那里看了看。一进入谷口，耳边尽是大风，呼啸之声令耳膜发颤。谷中有一座山，形状酷似端坐的佛陀。山谷一侧石壁上，有一尊自然显现的佛像。第二次是穿越，乘坐班车，由民乐向下奔行，山路曲折，悬崖壁立，窄路如刀，如履深渊。到青海祁连县内，沿途都有山地草原，青草披拂，浩浩荡荡。

当时心想，至今褒贬不一的杨广，竟然也深入边塞，行开疆拓土之功业，这是很少听说的。对这位皇帝，后世人们总喜欢把他的事迹框定在"弑父"、"烹母"、开凿大运河、修筑洛阳宫殿及残杀开国将军等极为不堪的事情上，而对于杨广在任时不遗余力开拓疆土、威服四夷等功业出言吝啬或者干脆闭口不提。

究其原因，有两方面：一是中国历史历来是后朝否定前朝，借以说明取而代之的合法性，李唐王朝对隋朝的诋毁或者说写史者的有意误导，使得杨广某些恶劣事迹深入人心，从而忽略了杨广在位时的诸多功绩；二是百姓历来对某些蹊跷恶劣之事抱有浓烈兴趣。人是善于忘恩的，记人好处总是很短暂，想人坏处总是很经常，这就注定了杨广至今难以有为之君的面目出现。而在帝王影视盛行并有着相当一批铁杆观众的今天，就连下嫁匈奴，三年后呼韩邪单于死，连嫁三代单于，并不幸福最终郁郁而死的王昭君，也被艺术加工成为一个十全十美的和平使者。

北周末年至隋炀帝终了，突厥、吐谷浑、铁勒、朝鲜始终是王朝的边疆隐患与潜在威胁。杨坚取代北周后，立即对当时势力庞大的突厥进行了痛击。杨坚以为，这些边疆军事武装集团，必须无条件地服从"天可汗"，否则，就要给他们以沉重打击。杨坚如此想，也如此做。公元 581 年，突厥沙钵略可汗在其北周籍皇后（可敦）

千金公主（北周赵王宇文招之女）的怂恿下，决心要替宇文皇后娘家宇文家族讨还公道，联合北齐营州（今辽宁朝阳）太守高宝宁（代人也，无籍可考）倾兵入寇，在甘肃、山西、河北和辽宁等地大肆掳掠，并扬言说要替宇文氏夺回江山。

杨坚刚刚以隋代周，国内矛盾很多，又面对江南陈朝等军事力量，北部边疆地区也不稳定，对自己的政权也会构成严重威胁。杨坚与谋臣商议后，审慎地对北部边疆做了一番战略部署：以上柱国阴寿（字罗云）镇守幽州（今河北北部和辽宁部分地区），京兆尹虞庆镇守并州（今山西太原），主要防御突厥。

正在用人之际，杨坚时代一个反突厥的能人出现了，即当年送千金公主至突厥成婚的长孙晟。这个人了不起的地方有两个：一是善射，二是善察。因为善射，把千金公主送到后，突厥佗钵可汗强行留长孙晟在突厥一年，让自己的亲属和军士想着办法亲近长孙晟，以便学好箭术。也正因为如此，长孙晟在突厥一年时间内，几乎走遍了突厥领地，对突厥国内的山川地理及民族习性有了深刻全面的了解。

虽然国势安定，但突厥时常骚扰边境，不能不管，但是也不能操之过急。隋文帝杨坚决定以武力慑服突厥时，长孙晟献策说，突厥的摄图可汗和达头可汗实际上有矛盾，可以瞅准时机，从中挑拨，他们自家肯定会相互打起来。另外，处罗侯可汗性情奸诈但势力较弱。为了扩大势力，他费尽心思拉拢人心，得到了大多数突厥人的拥护。阿波可汗对势力较强的其他可汗都很畏惧，立场游弋于多者之间，最后要依附于哪一方，一时拿不定主意。长孙晟建议杨坚远交近攻。这是当年秦帝国统一中国的策略，已经尽人皆知，对于杨坚时代的突厥形势，也是适合的。长孙晟的意见是对突厥强者采取离间的方式，让他们内讧；对突厥中弱的势力，采取联合的方式，使他们和隋站在同一立场上。第一步，向达头可汗所领导的突厥派出使者，沙钵略（摄图可汗）肯定会分派兵马守卫他和达头可汗的边界地带，其力量必然分散。这样一来，也会使得突厥内部离心离德，相互猜疑，自己打起来。等他们打得差不多的时候，我天朝再率兵出击，一战可定突厥。

杨坚觉得长孙晟的策略非常切合实际，全部采纳。长孙晟对隋破突厥之功绩，虽没有汉张骞通西域的功绩至伟，但对于刚刚建立、急需要快速稳定边疆、发展社会经济的杨隋而言，也是非常及时且非常重要的。同年，杨坚派太仆元晖（字叔平，河南洛阳人）出伊吾（今新疆哈密），去达头可汗所在的伊犁河以北地区，代表杨坚赐给达头可汗狼头旗。这就说明，隋承认了达头可汗在突厥的正统统治地位。

突厥的狼头旗，是他们民族的一种象征。从这方面看，突厥肯定是匈奴的后裔或者其中一个重要分支的后裔。匈奴民族以狼为图腾崇拜，性格中也有嗜杀好血的成分。《魏书·高车传》中记载了这样一则故事：单于生二女，美丽异常，单于以为是上天赐予，不可嫁与凡人。其中大女儿嫁给了一个贵族，小女儿却不肯嫁，与她父亲一样，坚信会有奇迹出现。单于顺应二女儿，建了一座高台，叫两个女儿待在上面。可一年多过去了，仍没奇迹出现，倒是有一匹公狼，对着单于二女儿日夜嚎叫。二女儿以为是天意，"遂将下就之"，后与狼繁衍成国，是为匈奴。

如果这个传说属实，那么，丁零、突厥、吐谷浑等民族应当都与匈奴有着深远的关系。特别是东方匈奴冒顿及七单于争立年代，都可以看到丁零在匈奴大部落联盟中活动的记录，最典型的就是颛渠阏氏当政时期的丁零王卫律。房玄龄等人所著《隋书》应当是距离隋代最近的一部正史，对那个朝代发生的事情应当有着确凿的依据。突厥以狼为图腾崇拜，有狼之习性，应当与匈奴民族有着深长渊源。或许，突厥民族就是匈奴民族的直接后代之一。

善于计谋者，必定深谙人心人性。政治也是人性的一个构成。长孙晟奉命实施，杨坚也全力配合。达头可汗的使者到隋朝觐见，杨坚也把他们的地位提高到沙钵略使者之上。这样做，释放的信号再明确不过，是对长孙晟的计谋的呼应。随后，杨坚又以长孙晟为车骑将军出黄龙道（今辽宁朝阳），给分散在那里的奚、霫、契丹等附属于突厥的民族带去了厚重礼物。并派人到处罗侯可汗处，为处罗侯可汗分析形势，晓明利害，说服其归附大隋的诸多好处。又派出使者去见阿波可汗，正说一套，到沙钵略那里，再另说一套，来回撺掇，突厥果然自相猜疑起来。

8

隋朝的计谋顺利实现，有杨坚及长孙晟精心谋划的原因，也有突厥内部不能同心同德的缘故，但归根到底，还是人心人性。在突厥五部当中，每一个可汗都想像木杆、佗钵那样成为至高无上、左右无人分享其权势的大汗王，而绝不甘心屈尊别人之下，哪怕这些人是自己的亲兄弟。

这正是杨坚想要的结果。

可在公元 582 年，突厥还没有那么听话，北周千金公主枕边风一阵吹，沙钵略被鼓动起来，再加上北齐遗将高宝宁的蛊惑，沙钵略终于按捺不住，以自己的威势，征调五部突厥兵马，号称四十万，驰马越过长城，挥鞭长安，大有一举摧毁隋帝国的冲天气势。

大兵压境，杨坚积极应对。4月，着令大将军韩僧寿率部队到鸡头山（今宁夏六盘山）阻击南下突厥，韩僧寿不辱使命，率部将突厥击退。与此同时，上柱国李允在河北蔚县一带也成功击败了另一支进犯的突厥部队。6月，上柱国李光在马邑（今山西朔州市东南）一带对突厥作战，也取得了胜利。

突厥见连连失利，便派出军队，进击兰州，意图撕开一条口子，再乘胜杀向长安。杨坚见形势危急，命令太子杨勇率领重兵，驻守咸阳，以防突厥入寇。同年底，杨坚又派沁源公虞庆则带兵驻守弘化（今甘肃庆阳一带）。某一日，行军总管达奚长儒带着两千骑兵，在周槃（今甘肃庆阳市附近）与沙钵略十万军队遭遇。隋军虽寡不敌众，这个达奚长儒可是一个大将之才，面对百倍于己的突厥主力，竟然心不跳神不慌，镇定地对部下说："有什么可怕的呢？我自有退敌妙计。"

在冷兵器年代，敌我双方遭遇，有时候是避不开的。特别是强者遇到弱者，肯定会一口吃掉。交战中，达奚长儒带着属下且战且退，两千人不一会儿就被突厥大军冲了个稀里哗啦。达奚长儒又令身边军士摇旗聚合，散军再次聚拢，继续恶战。打到最后，兵器打光了，达奚长儒就和士兵们赤手对敌，把手骨都打出来了，仍旧不肯投降。最终多数战士战死，达奚长儒也浑身是伤，退回本部后，只剩下几百人。达奚长儒及其两千军士之勇决、之彻底，在战场上是不多见的，且还是以少对多的孤军作战。这一战是可歌可泣的，这一仗也完全可以与李陵率五千军士与匈奴主力恶战七昼夜相提并论。

杨坚闻报，应当是非常感动的。这样的将军，这样的军士，简直就是一支铁军，其顽强决绝，无疑就是全军楷模。达奚长儒晋位上柱国，他的儿子也因此受到了封赏。但这一场恶战只是一个开始。失败了的突厥再次聚集兵马，对隋进行第二次大规模作战。驻守乙弗泊（今青海乐都）的上柱国冯昱与驻守幽州（今北京西南）的上柱国李崇先后失利。突厥大军乘胜前进，从今宁夏固原分成两路，深入隋朝北疆。隋朝其他地方也不断遭到突厥侵扰，其中，武威、天水、安定（今甘肃泾川县北）、金城（兰州）、上郡（今陕西榆林市南）、弘化（今甘肃庆阳）、延安等地被抢掠一空，数千里之内，民不聊生，赤地千里。

隋朝忍无可忍，决定对突厥大举用兵。杨坚发诏书说："突厥恶贼犯边多年，烧杀抢掠，无恶不作，北魏时期是，前朝更是。我隋朝意欲靖边安民，让双方百姓都能过上好日子，可是，突厥不识抬举，如不剿灭，天理难容。今我大军出发，凡归附者一律不杀，顽抗者绝不姑息。让那些胆敢冒犯天朝的人，从此后再也不敢觊觎我大隋疆土，世世代代，永服天朝威刑。"

这样的讨贼诏书，无非是要来个名正言顺、师出有名而已。而最根本的，还是以武力说话。杨坚任命卫王杨爽为行军元帅，亲自带李充等四路大军，从山西朔州道出，数日后，在呼和浩特北与沙钵略大军相遇。李充向杨爽建言说，今我大军新到，沙钵略必然以为我军会稍作休整，不会有防备。若以精兵趁夜袭击，必能大获全胜。

杨爽却很谨慎，不愿意冒这个风险。其他将领也只有长史李彻以为李充计策好。杨爽在二人劝说下，同意拨给李充五千人马。当晚夜半，李充和李彻引兵突然袭击，突厥军果然没有防备，隋军猛然杀入，突厥军大乱。正在酣睡中的沙钵略惊醒后，连盔甲都不敢穿，连夜逃走。

突厥军的粮秣大都靠掳掠得来，隋军出动，断了其粮源。到最后，突厥军只能靠粉碎骨头来充饥。这还不算，又遇上了瘟疫，军士感染者众。这样一来，沙钵略军队大受损伤。

与此同时，幽州总管阴寿奉命引军从卢龙进军，对高宝宁部队进行打击。高宝宁急忙向突厥求救。这时候，突厥忙于与隋军作战，根本顾不上他。高宝宁不敌，带少数人马逃亡漠北，投奔契丹，后被部下所杀。阴寿得胜不久，捷报也从河西走廊传来：李晃大军在摩那渡口大败突厥军队；秦州总管窦荣定出兵武威，在高越原与阿波可汗短兵相接，并取得胜利。

在窦荣定的阵营里，又添了一个叫史万岁的猛士。这个人早年因罪被发配敦煌充过军。窦荣定引兵与阿波可汗作战，史万岁自告奋勇，愿在马前效命，刀斩突厥。窦荣定十分欢喜，令史万岁单身与突厥猛士较量。史万岁不辱使命，几个回合，就一刀斩下了突厥猛士的头颅。阿波可汗震惊，不战而退。

这时候，长孙晟再次起到了关键性作用。阿波可汗撤军后，长孙晟及时派出使者入其境，再次使用离间和攻心之计，替阿波可汗分析失败原因，又拿阿波可汗与突利可汗比较：突利可汗以战争在突厥赢得尊敬，而你，却因为失败而令其他人以为是突厥民族的耻辱。不管突利可汗战胜还是战败，为了安抚其他可汗及属下将士，肯定会找一个人开刀。再加上突利可汗一直嫉妒你兵强马壮、英勇剽悍，威胁到了他的统治。说不定哪一天，他会随便找个罪名，把你除掉。

阿波可汗觉得长孙晟说得有道理，便派使者入隋，向隋示好，愿从此后，不再与隋朝为敌，永世纳贡，甘做"臣妾"！

长孙晟这一计谋得逞，直接把战火引到了突厥内部。突利可汗本来就和阿波可汗有怨隙，又见他归附隋朝，气不打一处来，决定采取"攘外必先安内"之策，先消灭阿波可汗再说。可突利可汗没想到，一旦调转马头，就成为了内战。突厥人打突厥人，自相损耗，正中隋朝下怀。

凑巧的是，突利可汗比隋朝想象得更绝。首先，他派兵趁夜袭击并占领了阿波可汗的牙帐，杀掉阿波可汗的母亲。阿波可汗无家可归，只好投奔西可汗达头。达头引军从驻牧地伊犁河一带向南进军，阿波可汗自然跟随。沿途不少部落归附，实力不断壮大，沙钵略异常恼怒，引兵与达头可汗争战不休，双方实力均有消耗。

9

至此，长孙晟对突厥的谋略全部实现，使分立五个方向，各自占有领土的突厥因为自身利益冲突而自相残杀起来。杨坚做得更绝的是，一些弱势突厥部落遣使到长安表示降服，杨坚一一驳回，不予接纳。这显然是一种更残酷的政治手段；当他们团结的时候，去分化离间；当他们内乱的时候，拒绝他们的降服。杨坚及其谋臣盘算得十分精到，若是接受了处罗侯、阿波可汗的投降书，让他们成为隋朝的子民，那么，就意味着隋朝必须派兵帮助他们平定内乱。

杨坚当然不想介入突厥内部的战争。一则损耗兵力与国库；二则一旦出兵，就没了后退余地。突厥疆域之大，内部族别、派系林立，说不定其中哪一支会在什么时候临阵倒戈。

尽管突厥内乱，但沙钵略军队仍不时骚扰隋边。这也符合游牧汗国一贯的"以战养生，以战止战"传统。公元 584 年 6 月，沙钵略军再次侵略幽州。幽州总管李崇率步兵三千人出击，转战多日，死伤过半，只好退守砂城（今张家口沙城）顽抗。可因为城池残破，难以固守，再加上供给困难，只能靠夜半外出袭击突厥军获得粮食。突厥军防范严密，隋军饿死不少。

前是突厥，后无援兵。突厥又围而不攻，意在诱使李崇投降。李崇自忖此次难逃一死，在突围前，嘱托部下说："我带兵出征，今军队丧失殆尽，自知有罪，也不打算求生。你们可以暂时投降突厥，日后要趁机会逃走。若能见到皇上，能把我的心意带到就行了。"说完，独入突厥军中，砍杀多名突厥军士，身中数箭，血溅沙场。

这又是一个以身殉国的将军。可能李崇此次作战有失误，也可能是隋朝兵力分散而难以及时增援。但不管怎么说，李崇的壮烈与勇敢，体现了军人战死沙场、马革裹尸的铁血精神。此后不久，杨坚又派出名将高颎从今甘肃泾川出兵打击突厥突利可汗，接连取得胜利。

高颎应是隋帝国第一军事家和战略家，作战无不得胜。突厥内部见大势已去，纷纷归附。杨坚看时机成熟，一一接受。突利可汗审时度势，见身单力薄，又连遭失败，只好屈膝向隋朝求和。此前极力怂恿突利可汗倾全族之力进犯隋朝的千金公主也跟着妥协了，请求由宇文氏改为杨氏，并以杨隋宗亲的名义，与突厥和亲。这一次，杨坚爽快答应，并令人将千金公主编入杨氏宗谱，赐名大义公主。

隋又派虞庆则和长孙晟出使沙钵略。沙钵略托病，对隋之诏书不予答拜。长孙晟上前说："大突厥与隋均是大国，应以平等相待。你的可贺敦（即皇后）已为隋帝之女，哪有女婿不拜翁丈的。"沙钵略这才起床，"跪受玺书，以戴于首。既而大惭，其群下相聚恸哭"。①由此情景可以看出，沙钵略及其臣下对归附隋朝也还是不甘心的。接受了隋之诏书玺绶，对他们来说，是万不得已的羞愧事情。这也比较合乎游牧民族的习性，虽然他们不以胜败为耻，但对于家国成为他人附属为辱的。

没过多久，沙钵略在与阿波可汗、达头可汗的战争中失利，向隋求救。隋不仅给予沙钵略物质上的帮助，且派晋王杨广率兵救援，并将俘获的人、物全部交给沙钵略。几个月后，沙钵略取得了最终胜利，对杨隋帝国感恩戴德，主动与隋朝勘定边界，甘愿"永为藩附"。公元587年，沙钵略病死，杨坚闻知，"废朝三日"，并派太常长孙晟前往吊祭。

可以看出，隋文帝杨坚在处理突厥问题上是颇有手段的。一个显著特点是，能够随机而变，不囿于一种方式。在长孙晟"离强合弱"总的前提之下，每个阶段都采取相应方式来应对。先是离间突厥五部，而后又扶持阿波和达头可汗，而当突厥势力最强的沙钵略归附后，又与之联合起来，帮助沙钵略击败了内部的敌人。

千金公主也不是那种没心没肺的人。公元593年，隋朝灭掉

① ［唐］魏徵等.隋书·长孙晟传.中华书局.1973年8月第1版.

陈，将缴获的一幅屏风赐予大义公主（即北周千金公主），大义公主在屏风上写下了这样一首诗：

> 盛衰等朝暮，世道若浮萍。
>
> 荣华实难守，池台终自平。
>
> 富贵今何在，空事写丹青。
>
> 杯酒恒无乐，弦歌讵有声。
>
> 余本皇家子，飘流入虏廷。
>
> 一朝睹成败，怀抱忽纵横。
>
> 古来共如此，非我独申名。
>
> 唯有明君曲，偏伤远嫁情。

大义公主的这首诗歌堪与王昭君在呼韩邪单于死后，再嫁呼韩邪之子复株累若鞮单于（姓栾提，名雕陶莫皋）后所作的《怨词》相媲美：

> 秋木萋萋，其叶萎黄，有鸟处山，集于苞桑。
>
> 养育毛羽，形容生光，既得行云，上游曲房。
>
> 离宫绝旷，身体摧藏，志念没沉，不得颉颃。
>
> 虽得委禽，心有徊惶，我独伊何，来往变常。
>
> 翩翩之燕，远集西羌，高山峨峨，河水泱泱。

父兮母兮，进阻且长，呜呼哀哉！忧心恻伤。

尽管大义公主在文采上略输于昭君，但比昭君更为通透，尤其是对王朝兴衰、世事嬗变体味之深刻，令人动容。杨坚闻听大义公主作此诗后，颇为不满，慢慢地，对她的赏赐也少了。

这又是一出悲剧，如西汉时期远嫁乌孙的细君公主、解忧公主，以及被南匈奴呼韩邪单于封为宁胡阏氏的王昭君。

而对于杨坚的大隋政权来说，在边疆问题上，突厥只是其中一个势力较大的集团，两者隔长城相望，多个地区接壤，倾兵入寇或者纵马撤离都很方便。再加上游牧民族生产力落后，耕种与织造工艺匮乏，诸多生活用品、调味品（如盐）等，必须从生产力较发达的中原地区获得，一方不予，一方必需，争夺和战争就不可避免。

此外，与隋帝国边疆接壤的还有其他一些少数民族，他们都是在中国历史上不断演进的游牧与渔猎族群，几乎在中原的每个朝代都出现过。到隋初，除突厥外，其他实力较强的民族还有吐谷浑、铁勒、靺鞨、契丹等。其中，吐谷浑亦称吐浑，原为辽东鲜卑慕容部一支。其先祖徒河涉归，生二子，一为吐谷浑，二为若洛廆，因名而族。其后世仍以慕容为姓。统治地区大致为今青海、甘南、新疆南部和四川西北地区。其中还包含了羌、氐部落。

铁勒又称狄历、丁零、敕勒、高车。自隋代起被作为除突厥以外的突厥系民族的通称，语言、习俗均与突厥同。靺鞨在周秦时称肃慎，世居东北长白山，以渔猎为业。两汉至魏晋时，称挹娄，曾长期役属于夫余。北魏改称勿吉。隋唐又称靺鞨，有粟末、白山、伯咄、安车骨、号室、拂涅、黑水等七大部落。其中以居住在粟末水（松花江）而得名的粟末靺鞨最为强大，有战士数千。605 年，粟末靺鞨败于高句丽，其首领突地稽乃率八部大众自今吉林四平西北内附于隋，被安置于今辽宁朝阳一带，逐渐同当地汉人融合。留在故地的粟末人则与白山、伯咄、安车骨、号室诸部靺鞨人先后逐渐沦为高句丽附庸。

这几个游牧民族中，吐谷浑势力最大，与隋朝摩擦也最多。公元 581 年，突厥倾兵入寇，吐谷浑也趁火打劫，寇掠弘州（今甘肃庆城县北）。因弘州地僻人稀，杨坚下令废弃此郡治。后派上柱国元谐率兵出击吐谷浑。吐谷浑王夸吕倾全国之力迎战，但谋略不足，用兵不当，连遭元谐痛击，大为惊惧。

夸吕为人生性多疑，且残暴，废太子后杀之。再立的太子疑惧不安，害怕再被父王废杀，权衡利弊，决定向隋请求支援。杨坚不予理睬。夸吕察知，再杀太子。公元 586 年，夸吕再立太子诃惧谋划率部下向隋投降，遭到隋文帝痛斥，说吐谷浑的伦理和其他人不一样，父亲不仁慈，儿子不尽孝，我大隋要是收了诃惧，不是助长他的恶逆吗？诃惧接到回书，随即打消了投降隋朝的念头。公元588年，吐谷浑名王拓跋木弥与吐谷浑太子等归降隋朝。

公元592年，夸吕病死，其子伏立继位，派无素奉表，并方物特产、美貌公主觐见隋文帝，表示愿意藩附，献女以充实文帝后宫。但杨坚没有答应吐谷浑献女充实后宫的请求，还说了一番仁义道德的话。此后不久，吐谷浑内部发生矛盾，伏立被杀，其弟伏允成为新王。伏允派人至隋朝，说明内乱原因，并请求文帝赐女为可敦，以为翁婿。文帝从本族王公之中择女下嫁吐谷浑。

10

突厥也好，吐谷浑也好，其失败和被削弱固然有隋王朝的原因，但更多是自身内乱所致。杨坚对边疆民族"离强合弱"的政策对唐帝国有着持续的影响。杨勇、杨广二人在对陈和突厥的作战中也功勋卓著，其军事才能可见一斑。但是，封建王朝最大的失败之处不是常常因外敌入侵、自身腐败和不能适应历史演进之规律不断兴亡等表面原因，其本质在于：统治者只是把人当成工具，而不关照人本身；只是把人作为一种为自家王朝服务的专用人才，而不是对每个人的尊严、自身生活和精神要求予以保护。因此，"其兴也勃焉，其亡也速焉"的铁律不仅适用于生产力及政治体制较为落后的少数民族，同样也适用于正统的封建帝制王朝。

解决了上述两个实力较为强大的民族之后，隋朝开始了一系列的励精图治。就杨坚本人而言，他可能是继汉武帝、汉光武帝、魏孝文帝之后最伟大的皇帝，也可以说是公元 5 世纪到 9 世纪初世界上有为的皇帝之一。他早期的隐忍晦匿、处心积虑，与后来的躬履俭约、勤政恤民，形成了鲜明比照。这也是众多成功政治家经常重复的一条人生道路。但在当时北周朝内，不是杨坚取而代之，其他人也有可能做得比杨坚更甚，其中赵王宇文招、齐王宇文宪等人都是有条件的。杨坚以隋代周的成功；一是得益于他做皇后的女儿；二是得益于李德林的从旁运筹；三是得益于其知人善任；四是得益于其善于针对不同现实躬行实践，不以无妄之为行逆民倒悬之事；五是其善纳忠言，并予以臣子行使职权的余地。

若要论及杨坚的主要功绩，统一全国是其一，实行多项改革、制定《开皇律》等也是其中一部分。但归根到底，这些功绩起初都是为"家天下"服务的，当然也有力地促进了社会进步和生产力提高。此外，杨坚及其隋王朝另一个伟大的功绩，就是再次打通了自东汉末以来大部分时间处在断裂状态的丝绸之路。

所谓丝绸之路，至今沿用德国地质学家李希霍芬所称。关于这条道路的起源，一般认为起自于张骞、甘英；另据考古及史学证实，至少在公元前 8 世纪左右，中原与西域诸国已经有了文化和物质交流之行为，佐证为 1980 年在陕西周原发现的两件西周时期的蚌雕人头像，其特征为高鼻深目，头戴高帽，应当是居住在中亚地区的塞种人像。

但不管怎么说，中西通过陆地大规模碰撞和交流的时期，应当从西汉开始。击逐匈奴，控制西域后，西汉政府设立了大鸿胪，专门负责此类事物；并在敦煌以西、新疆伊犁河等地先后设立西域都护府，负责调停西域诸国之间的事宜，监督本地区国家和部落的政治和军事行为，收受供奉。东汉时期，丝绸之路一度中断，但又有班超、班固、班昭等人对西域诸国乃至中亚的探访和开拓。特别是班超，曾率三千人独战北匈奴使其败走，收服鄯善、精绝、且末、于阗、焉耆等城廓诸国，一时间，西域五十等多个国家慑于汉威，归附于东汉。《后汉纪》卷二三记载，东汉最强盛时，曾有三十多个国家的质子长期居住在长安，经略西域，班超之功勋自东汉至天下一统的大隋以来无人可及。

陈寿《三国志·魏志》也有"龟兹、于阗、康居、乌孙、疏勒、月氏、鄯善、车师之属，无岁不事朝贡"的记载。2000年2月18日《光明日报》载李并成《古丝绸路上的大海道》："右道出柳中县界，东南向沙州一千三百六十里，常流沙，人行迷误，有泉井咸苦，无草，行旅负水担粮，履践沙石，往来困弊……大海道的开辟可上溯至曹魏时期。《魏略·西戎传》：'从敦煌玉门关入西域，前有二道，今有三道。……从玉门关西出，发都护井，回三陇沙北头，经居庐仓，从沙西井转西北，过龙堆，到故楼兰，转西到龟兹，到葱岭，为中道。从玉门关西北出，经横坑，辟三陇沙及沙堆，出五船北，到车师界戊己校尉所治高昌，转西与中道合龟兹，为新道。'龟兹即今库车，葱岭就是今之帕米尔高原，戊己校尉治所设在高昌。在汉代已有的'中道'基础上开辟出的敦煌至高昌的'新道'，即大海道。"

《北史·吐谷浑》中有西魏凉州刺史史宁截击吐谷浑使齐的使团，俘获商胡、将军及其财物的记载，其中的商胡，应当是丝绸之路上的主要流动者。即使战乱年代，这些以逐利为主要目的的商人也甘冒凶险，从丝路某一处出发，到彼时的中原王朝核心或富庶之地，以买低卖高、奇货可居为主要手段，为自己或者部落积累财富。

这些官方、宗教、商旅在丝绸之路上的来往记录充分说明，自古以来的丝绸之路并没有因为王朝更替、民族战争而中止，即使在纷乱的战火与铁蹄中，这条洛阳和长安通往西域、穿越中亚、直达古罗马、波斯和拜占庭帝国的伟大道路上，始终蹒跚着满面尘沙的行人，马蹄不断撩起黄尘，驼铃敲打着空旷大漠。

杨坚以隋代周，依靠其卓有成效的政治运作机制、敢为国家赴生死的将军们，使得杨隋王朝在较短时间内完成了统一。当政治、经济和军事力量足够威慑四夷，北疆和西域的大门自然也随之敞开。说杨坚的另一个功绩是再次使得丝绸之路畅通，并不是溢美之词。因此，不论是杨坚对北疆诸民族的征伐和安抚，还是杨广毕生致力于帝国疆土开拓的实际作为，都可以被看作是汉武雄风的再造、盛唐风度的前奏。如陈寅恪言："李唐传世将三百年，而杨隋享国为日至短，两朝之典章制度传授因袭几无不同，故可视为一体。"

隐忍的梦想家

杨广的丝路开拓与个人命运

在巴丹吉林沙漠工作的时候，张掖是我常去的地方。年少时，只知道张掖与汉武帝及其干将霍去病有关。没想到，连历来被人唾骂不休的隋炀帝杨广也曾在张掖上演了一场堪称宏伟壮观的精彩大戏——"万国博览会"。在读关于他的史料的时候，我忽然觉得，杨广也是一个狂妄梦想的实践者。尽管他因此而功勋后世、名垂千古，但也因此而不得好死，葬送隋朝不说，还被人唾骂至今。但在这个世界上，除了杨广，谁还能在奢靡中不忘天下，醉心于开拓疆土，梦想将王朝的边疆延伸到自己想要的地方呢？也还有哪个亡国之君，在明确无误的失败与死亡面前，对镜自嘲，且始终优雅从容，没有半点怨艾与歇斯底里呢？

公元 602 年，与杨坚恩爱一生的独孤皇后（独孤信第七女，名伽罗）病死，杨坚深为悲痛，自此无意于其他姬妾，并为此自我标榜说："前朝的许多皇帝王侯，都失败于溺爱不好的女人之上，特别是在王储废立这件事上，都坏在了女人身上。我身边没有其他嫔妃，五个孩子都是一个妈所生，都是亲兄弟。前朝那些女人尤其多，孩子一大堆，因为女人争宠，亲生和庶出的孩子之间相互不服气，为皇位争斗甚或互相残杀，这都是亡国的主要原因和兆头。"

可惜，他说此话的时候，眼皮底下，孽子纷争已经如火如荼了。他本人也绝对没有想到，这些话，也成为了一种谶语和暗示。

杨坚共有五子，全是和独孤皇后所生。在这一点上，杨坚也是与历史上其他姬妾如云、子嗣成群的皇帝不同的。独孤信第七女独孤伽罗十四岁嫁与杨坚，先后与杨坚生杨勇、杨广、杨俊、杨秀、杨谅五子。杨坚以隋代周后，立长子杨勇为太子，次子杨广为晋王，三子杨俊为秦王，四子杨秀为越王，五子杨谅为汉王。

因为出生得早，在北周时期，杨勇就因杨坚之功，很早就获得了封赏，先后拜大将军、左司卫并封长宁郡公，出任洛州总管、东京小冢宰、上柱国、大司马，领内史御正等职。这当然是杨坚荫庇的结果，更是和当时关陇武将集团在朝中的势力，乃至当时政体性质有关系。

开国之初，自军国政事及尚书所奏死罪以下，杨坚都要杨勇参与决断。这是着力培养接班人的步骤，让杨勇参与政事决断，意思是：我来做，你要看，你不仅要参与，还要学习实践，日后成为皇帝，就可以更好统领天下，使杨氏大隋传之久远。

杨勇也确实有才干，如在安置山东流民的问题上，就显示出其性情宽厚、体恤安民的性格。杨坚本想把这些流民充实到北方，以巩固边防。杨勇进谏说："恋土怀旧，乃是人之常情。生民颠沛流离，本就是情非得已的事情。今天下初定，疮痍未复，应使百姓安居乐业，沐浴皇恩。如今边塞虽然蛮夷猖獗，但有坚固的城墙，将军镇守，没必要迫使民众流徙。"

杨坚深以为然，遂罢此议。

杨勇"好学，喜词赋"，但有三个缺点：一是喜好奢侈浪费，且不知掩饰；二是多内宠，男女皆有，也不低调；三是行事不避嫌，不知隐忍成事。正是这三点，导致了他的被废，再而致死的命运。

先说第一个，喜好奢侈正是杨坚所厌恶的。杨坚一生简朴，当了皇帝后，更恨臣子贪污、奢华；杨勇正好与之相悖。经人添油加醋后，杨坚由喜欢杨勇渐而疏远之。

第二个，年轻人或者贵族喜好声色，选储内宠及姬妾是一个方面。偏偏其母亲独孤皇后又生性狭隘，好嫉妒，甚至有点变态。别说杨勇如此，就是杨坚看上宇文迥的孙女，陪侍没多久，就被独孤皇后"阴杀之"。更可怕的是，独孤皇后也见不得他的臣子们纳妾、再娶。如果有人那样做，独孤皇后必定要杨坚罢了那人官职，或者给予惩罚才行。

第三个，杨勇直率，待人笃实，不拐弯抹角。被立为皇储之后，某日，百官觐见杨勇，杨勇设鼓乐接受，搞得排场很是热闹。杨坚心中不悦。这老头子想，这不是在提前继位吗？你杨勇这么做，把我老头子放在何等位置？由此，对杨勇有了看法。

某一日，杨坚要选一些强健侍卫入宫听用。众臣皆不言，偏偏功高震主的高颎出来说了一番话，不仅使得自己受到了杨坚的猜疑，且无意中连累了太子杨勇。高颎对杨坚说，陛下抽调侍卫入宫，东宫（太子居东宫）的侍卫就很差了。杨坚怀疑高颎别有用心，甚至图谋不轨。为什么呢？因为高颎的儿子娶了杨勇的女儿为妻。

杨坚生性多疑，史书上说他"天性沉猜"，就是与生俱来的喜欢琢磨和猜疑其他人。这和他在北周前期凶险的政治生活不无关系，以致当了皇帝后，也生怕臣下如他一般，再来个取而代之。高颎这个人的谋略、武功和文采，在隋初是独一无二的，平定北齐，伐陈兴国，远征突厥，修章建制，几乎样样在行，可惜的是，遇到了杨坚这样一位得天下后即令烹走狗的君主，也算是不幸的。

但古来名将勋臣，鲜有好下场。高颎此后不得信用。几天后，杨坚就把功臣高颎贬为庶民。此前，高颎也生怕遭到猜忌，一再辞官，杨坚怕其他臣子说他不够仁义，没答应高颎要求。这一次，他终于找到借口，将高颎免去官职，杜绝了高颎与杨勇联合谋逆的可能。

但比高颎处境更惨的当然是自己的女婿，即太子杨勇，不仅父亲杨坚猜忌他，母亲独孤氏也做得非常离谱。杨勇有两个比较宠爱的女人，一个是其母亲独孤伽罗皇后给他撮合的元妃，一个是云氏。元妃端庄稳重一些，也常劝杨勇要懂得隐忍，以便在杨坚百年之后顺利继位。也可能是元妃的劝诫方法有问题，杨勇不大喜欢听从。云氏则年轻俏丽，也深谙风月之事，但不大关心政治。二人相比，杨勇更喜欢云氏。而独孤皇后却认为云氏不够稳重，日后难当皇后大任。要杨勇立元氏为妃子，以后少接触云氏。

这样的做法似乎有些过分，儿子和哪个女人感觉好，那是儿子的事情，只要不乱了纲常，做母亲的最好还是尊重当事人意见。可独孤皇后偏不，非要从中插一杠子。这时候，杨广出马了。这个善于伪装的人，本来比杨勇更声色犬马、喜好淫玩，可他是铁了心要扳倒杨勇，其目的只有一个，就是把太子之位夺过来。

至于杨广这个人，当然是一个不简单的主儿。"美姿仪，少聪敏，高祖及后于诸子中特所最爱。"十三岁时，就写得一手好文章，且对朝中每一个臣子都十分敬重，赢得了大片人心。和杨勇行事嚣张不同，杨广极会察言观色，投其所好。杨坚和独孤皇后喜欢什么，他一准喜欢什么；凡是上皇和母后厌恶的，他一定要厌恶。如杨坚喜欢简朴，杨广就故意弄断琴弦，并使之蒙尘，杨坚和独孤皇后看到后，更对杨广充满好感。

独孤皇后不喜欢男人用情不专，杨广就守着一个萧妃，再不另选姬妾。这萧妃也是一个颇有政治头脑的女中豪杰，与杨广一唱一和，天生的夫妻相。杨勇受到杨坚和独孤氏的厌弃，其中当然有杨广的"功劳"。事不凑巧，杨勇的元妃得心脏病死了。独孤皇后认为，这里面有蹊跷，便派人盯着杨勇。云氏独占东宫，一人之下，万人之上，接二连三地生孩子，先后有长宁王杨俨、平原王杨裕、安城王杨筠。不仅如此，杨勇的其他妃子如高良娣生安平王杨嶷、襄城王杨恪，王良媛生高阳王杨该、建安王杨韶，成姬生颍川王杨煚。这还不算，杨勇还和宫女生了杨孝实、杨孝范。儿子一个接一个生，而且不是出自同一个妃子，性好妒忌且狭隘的独孤皇后为此而痛责杨勇，因此下诏说："后庭有之，皆不育之，示无私宠。"

偏妃生子成了太子杨勇的罪孽，独孤皇后大为不满。更要命的是，独孤皇后还在枕边吹风，把杨勇说得一无是处。正当此时，杨勇仍不收敛，在父皇母后心中地位一再下落。杨广呢，则加大戏码和逼真度。

女人耳根子软，传闻多了，说杨广好话的多了，独孤皇后就信以为真。对自己老公杨坚说："杨广是个大孝子，你派出的官员去他处，他出城迎接。每次谈起自己远离朝廷，不能随侍父母，就非常伤感。他的王妃也很可怜，广儿忙于公务，根本没空理睬她。哪像勇儿那样，终日宴乐，不务公事，亲近小人，远离贤德。"

正当这时，杨广由守地扬州回京，见到他的母亲，装作一脸慌张和谨慎，对独孤皇后说："太子对儿存有异心，屡次派人刺杀，让儿十分惊恐。"独孤皇后听后，不假思索，对杨广说："我看你大哥已不成器，抛开正室，专宠云氏，有我在他尚且敢欺负你们兄弟，倘若他成天子之后，太子庶出，你们兄弟还得向云氏那样一个女人俯首称臣！"

公元 600 年 10 月，隋文帝在独孤皇后主张下，以太子"情溺宠爱，失于至理，仁孝无闻，昵近小人"之罪名废为庶人。一个月后，在独孤皇后的授意下，晋王杨广被立为太子。

这是一条步步为营的屠杀之路，也是生死之路。得胜者只待文帝杨坚驾崩，好君临天下、统御四方。杨勇被废，其实是独孤皇后一人之力，杨坚只不过是有力的推手和实际执行者，当然，还有杨素、元胄等人推波助澜、诬害构陷。废太子杨勇时，朝中大臣大都闭口不言。一部分人是被杨广收买了的，一部分是不想搀和杨家私事，还有一部分害怕杨坚将自己脑袋砍掉。唯有作为左卫大将军、五原公的元旻上书说，谗言听不得，一旦废了太子，要后悔也来不及了。

赋闲在家的裴肃（今山西闻喜人）也上书请杨坚三思。杨坚对此均不理睬，而是令东宫姬威陈述太子罪行。这个姬威，原是杨勇的幸臣，后被杨素收买。在大殿之上，莫须有地对杨勇进行了指证，杨勇及其儿子全部被囚禁，后废为庶人。元旻、唐令则及杨勇东宫所属邹文腾、左卫率司马夏侯福、典膳监元淹、前吏部侍郎萧子宝、前主玺下士何竦被处斩，与杨勇亲近的诸多将军臣子受牵连，或赐死，或贬为庶民。文林郎杨孝政劝说杨坚三思，杨坚令人猛捶他的胸脯。李纲（字文纪）也曾痛哭流涕劝谏杨坚，杨坚看他确实出于忠心，没有治他的罪。

这一场风暴，在隋朝内部刮得异常猛烈，其结果是诸大臣们早就料到的。杨广晋位太子，杨勇及其党羽花果凋零。这种人身依附关系，向来是皇权官场的一个特点。因为依附，才会得势；因为依附，也才会受到株连。废杨勇后，不知道杨坚自己有没有觉得此事不妥，有过反悔之心。但他在，杨勇是不会死的，囚禁后，还给予杨勇以五品官的待遇。杨素、元胄等，因为构陷杨勇有功，得到了赏赐。而杨坚自己怎么也没想到，置他于死地的不是杨广，而是杨素。

杨素是陕西华阴人，士族出身，祖父杨暄，当过北魏辅国将军、谏议大夫。父亲杨敷，为北周汾州（今山西汾阳）刺史。《隋书·杨素列传》说他"少落拓，有大志，不拘小节"。时任北魏丞相（尚书仆射）的杨宽说他："做事和谈论学问逸群绝伦，必定是非常之器，不是我等所能比得了的。"杨素也确实很优秀，知识渊博，文章和书法都很好。北周将亡时，杨素见杨坚权倾天下，逢迎投靠，后在隋灭陈时有功。构陷杨勇，极力撺掇杨坚废黜太子杨勇的是他，促使杨坚诛杀孙子杨秀之子的元凶是他，平定杨谅反叛的也是他。但杨素最大的功绩，似乎就是促使杨广走上帝位这件事了。

从内心讲，杨广是不讨人喜欢的。最讨人厌的不是他动用全国之力开凿运河、修筑宫殿、劳民伤财三征高句丽、南巡北狩这些事情，而是杨广把杨坚一手建立起来的隋朝给弄丢了。杨坚的隋朝是备受鼓舞的，他的功业并不比唐太宗李世民逊色，只是在屠戮功臣、生性猜忌方面，不尽如人意，且导致了他的王朝也和秦朝一样，不过三十年就转手易人，同情者为之哀叹，妒恨者为之庆幸。其实，盛唐也是以短隋为其根基的。

公元600年，杨坚颇具才干的三子杨俊在外任之地病死。不久，因为谗言，杨坚又把他的第四个儿子杨秀废为庶人。公元602年10月，与杨坚恩爱并相辅一生的独孤伽罗皇后死去，杨坚十分悲伤。原因一是两人确实情义笃深，恩爱半生，尤其是在北周时期，想来独孤伽罗在政治上和身心上给予了杨坚不少安慰和激励；二是独孤伽罗皇后不仅是杨坚的爱妻和皇后，还是重要的政治同盟和智囊。但也因此，在宫中孤独多年的宣华夫人（陈宣帝陈顼之女）才过了两年比较充实的生活。因为逐渐受宠，宫中诸事也可以全由自己做主并支配其他人。此外还有一个荣华夫人蔡氏。二人可能是杨坚人生最后时光中的伴侣，甚或只是独孤皇后的情感替代品。

604年初，杨坚照常临幸仁寿宫。这是宣华夫人住的地方。当他处理完政事，就要摆驾仁寿宫时，身边的章仇太翼（学者）就劝他说，皇上别去了，要去可能就再也出不来了。杨坚大怒，将章仇太翼投入监狱，说是从仁寿宫返回后杀之。几天后，大概是鬼使神差，杨坚下诏说，凡是赏赐、财政之类政事，全部交与杨广处理。4

月，杨坚觉得身体大为不适。6月，大赦天下。7月，杨坚病情有所加重，时尚书左仆射杨素、兵部尚书柳述、黄门侍郎元岩及宣华夫人陈氏、荣华夫人蔡氏等人被招入内，后又召杨广进宫司药。

当日，杨坚驾崩。

这是一个谜团，至今众说纷纭。综合起来，主要有三：一是杨广进宫司药，见宣华夫人，即调戏并强奸之。宣华夫人告杨坚，杨坚怒，召杨勇。杨广、杨素和张衡在万分危急之时，急中生智，将杨坚毒死。二是杨坚虽病，但仍旧与宣华夫人、荣华夫人床戏不止，可能因为过度兴奋而至暴亡。三是杨广见杨坚病危，随时都有可能"驭龙宾天"，为防止因皇帝死亡发生变故，就写了一封信给杨素。结果，送信的人把信件送到了文帝杨坚手中，杨坚怒极，说："独孤误我！"遂令杨素等人传杨勇。杨素急告杨广，杨广入内，将其他人赶出后。杨坚即死。

这是历史的谜团，其实也是政治的和人性的谜团。杨坚的死，只能代表一个人在其王朝和那段历史中的作用力完全消亡，世界如旧，隋朝如旧。但隋朝最终灭亡，其祸根还是杨坚亲身种下的，杨广不过是推波助澜而已。但若从整个历史轨迹来考察，杨坚固然有屠戮功臣、好血嗜杀，废学校、轻教育，生性沉猜、所托非人等等弱点和失误，但每个人都不是完美的，杨坚也不能例外。

据《隋书》记载，公元 589 年，隋灭南陈后，许多人盲目地认为从此以后天下大同了，房玄龄的父亲房彦谦却私下对人说："杨坚那个人太好猜疑，不怎么听从正确的建议。他立的太子是一个小人，其他王子又争权夺利，耀武扬威；制定的政策都是十分苛刻和严酷的，没有实行什么安抚人心、稳定天下的措施。全国看起来稳定了，实际上已经有了很多的危机和乱局。"① 当时，房玄龄还年幼，也对他父亲说："杨坚本来没什么功德，篡位为帝，就知道欺骗老百姓，而且，他还不想关于国家长治久安的方法。几个王子亲生庶出混淆不分，一个个争着奢侈和淫乐，最后只能导致相互算计和诛杀。虽然现在看起来举国承平，但他的灭亡也指日可待。"

房家祖孙三代，历三朝，皆为显赫人物，至房玄龄子嗣房遗直、房遗爱、房遗则三兄弟时，却因为一个皇室成员——高阳公主闹得鸡犬不宁，最终被手腕高明的长孙无忌一并杀害。人生真是奇诡，房家三代皆通透睿智，后代却因此而自相残杀。房玄龄生前也曾嘱咐其子，并将古来贤训亲手写于屏风上，交予三个儿子，一定要时

① ［后晋］刘昫等. 旧唐书·房彦谦传. 中华书局. 1975 年 5 月第 1 版.

刻牢记，善自珍重，可还是没有避免因内讧而被他人戏弄屠戮的下场。作为臣子，房玄龄之后，未必如杨坚之后更好。

房玄龄为一代诤臣名臣，生前服务于李世民，其忠勉常被人提及并颂扬，但以人心论，他们父子两个私下把话说得那么狠又彻底，也是小人之为，正人不足一笑。

这是闲话，暂且按下不提。再说杨广。杨坚驾崩，杨广理所当然君临天下。除了杨谅之外，其他几个兄弟在杨坚时代就都倒下了，不是被废，就是病死，再也无法对杨广构成威胁。所以，在公元604 年 7 月这个时段内，隋朝的皇帝非杨广莫属，尽管其中有一些悬念，但杨坚眼睛一闭，世界上所有的东西都与他无关了。办完了皇帝丧事，杨广就如愿登上了皇帝宝座，开始了他为期十五年的皇帝生涯。

杨广因这十五年的皇帝生活而不朽，也因此备受唾骂。从实而论，杨广功大于过，他继续的是一个伟大时代，与后来的盛唐至今还在人间镌刻有浓重的痕迹。这其中不仅有开凿大运河、开设科举制、创立天朝体系、发展教育和文学艺术等方面，还有至今留存于人类文明当中的那些与其他朝代迥然有别的时代痕迹。唯有这些，才是永恒的。除此之外，杨广应当是上百位皇帝之中最有个性的一位。他工于心计，但又不乏率真；他穷兵黩武，却有着实际的作为和超越时代的雄心；他自掘坟墓，但临死都是清醒的；他有着狂大的梦想，却在失败面前始终不肯妥协。这是一个极其复杂的皇帝，一个多面体的人。只是，对于历朝历代的人而言，或许只是借鉴了他的失败经验，而没有真正地把杨广作为一个有意思的人来看待和研究。

直到今天，读史者于此，仍忍不住为他这样一个人感叹，无论从哪个方面看，隋炀帝杨广，成也是他，败也是他。除此之外，在中国历史上，恐怕再难找出与之雷同的另一个王朝皇帝。

杨广可能是千古以来最伟大的失败者之一，他狡黠而率真，暴虐而隐忍，狂妄而清醒。在他那个时代，每个出身贵族的人似乎都聪明绝顶，且"美姿仪，少敏慧"，博通古今，文采出众，谋略与武功样样都好。最大的因由可能是，在民族大融合的年代，种族之间的联姻成为一种常态化的生活习俗。那个时代，不管哪个民族，都没有预设的藩篱与某种信仰的禁忌。杨广母亲独孤伽罗是鲜卑族，杨坚虽然被宇文护赐鲜卑姓，以隋代周之后，才以正宗汉族人自居。有史学家说，杨坚在关键时候挽救了汉族，这种说法显然狭隘了一些，但站在民族的立场来考察，是可以站住脚的。

再后来，我还从史书上看到，杨广也和他的父亲杨坚一样，在对西域乃至丝绸之路的开拓和维护上，都是不遗余力的。相比之下，杨广比其父更甚，目光更加长远。公元 605 年，刚刚上台的杨广在下令修建东都洛阳的同时，就先后派出官员，对日本、高句丽、西域乃至中亚进行探访。其中，李昱、杜行满、韦节等出使中亚，这是继张骞、甘英、班氏家族、法显之后，东方帝国再一次对丝绸之路的开拓，是隋帝国的眼光和胸襟的另一种体现。杜行满、韦节等人先后到达克什米尔、阿姆河流域和波斯帝国。这一次探查，使得隋帝国再次证实了自洛阳和长安向西，翻越帕尔米后，确实有更广阔的世界存在。

杨广的军事才能在先前的平陈战争中已经得到充分证实。公元589 年，杨广二十岁拜兵马都讨大元帅，带五十一万大军南下，并贺若弼、韩擒虎等著名将领，在苻坚遭遇失败的长江天堑，杨广顺势渡江，一路奔去，势如破竹。且律下严格，秋毫无犯，时人"皆称广以为贤"。迁都洛阳，大兴土木之举，也被后世拿来作为证实杨广骄奢淫逸的证据之一。而在那个儒教教育并不十分牢固的年代，道术及风水也有着自己的受众与信奉者。杨广自然是，后世的李唐、赵宋、元、朱明、爱新觉罗氏也都是。杨广以为洛阳是"自古之都，王畿之内，天地之所合，阴阳之所和。控以三河，固以四塞"①，有利于王朝统治。遂令尚书左仆射杨素、将作大匠宇文恺等人役使民众营建东都，"发大江以南五岭以北奇材异石，输之洛阳，又求海内嘉木异草，珍禽奇兽，以实园苑。"②

同年，杨广下令开挖"大运河"，以人力将钱塘江、长江、淮河、黄河、海河连接起来，使彼时至今的中国因为一条人工运河而血脉流通，结为一体，打破了黄河和长江两个文明界限。这一作为，除了始皇帝营建长城，再也没有哪朝的皇帝有此奇思妙想和壮丽气魄。这一工程设计之先进，迄今仍为世人叹为奇迹。

"狭殷周之制度，尚秦汉之规摹。"③这可能是对杨广一系列作为的真实评价。杨广也肯定想效仿周王朝，崇尚始皇帝嬴政之强力作为，甚至有过之而无不及。其开创的科举制、创立的天朝制，对后世封建统治有着决定性的影响。

除此之外，杨广最大的功绩就是对边疆不遗余力、近乎痴迷的

---

① ［唐］魏徵等. 隋书·帝本纪. 中华书局. 1973 年 8 月第 1 版.

② ［北宋］司马光等. 资治通鉴·隋纪. 中华书局. 2013 年 5 月第 2 版.

③ 魏徵等. 隋书·炀帝纪. 中华书局. 1973 年 8 月第 1 版.

拓展，尤其是再度平定西突厥，收服吐谷浑，击败契丹，建西州（吐鲁番）郡等作为，这在东汉之后也是第一人，唯有他的朝代敢如此作为，尽管他的时机不对。可能杨广的内心始终有一种"只争朝夕"的紧迫感，他想要把一切至伟功业在自己手中完成，容不得以后让他人来做。

杨广继位之初，西部的突厥大部分降服，但西突厥、契丹和吐谷浑还不驯服，时常骚扰边境。尤其是东西突厥之间，虽然沙钵略已死，但两者之间的军事斗争仍不间断发生。

边疆民族性格桀骜，弱时退，强时进。早在公元 600 年，东突厥大乱，都蓝可汗被部下所杀，西突厥达头可汗趁机占领漠北地区，改称步迦可汗。601 年，西突厥步迦可汗派其侄子阿勿思力俟斤越过黄河，袭击启民可汗所部，掳走六千多人口，二千多牲畜。启民可汗染干向隋求援，杨坚即令杨素带兵出云州道（今河北赤城县）追击。

杨素这个人虽大奸似忠，但军事才能很了不起，他长期对突厥作战，摸索积累了一套经验。再向西追击西突厥军队时，以一鼓作气之势，迫使阿勿思力俟斤不敢回头迎战。一场大战，阿勿思力俟斤大败。杨素也没有孤军深入，将被掳的东突厥人口和牲畜追回后，即刻返程。

605 年，正值隋炀帝大兴土木、开凿运河之时，契丹（居辽河一带）不时侵扰营州（今辽宁辽阳）。隋炀帝诏令通事谒者韦云起（今陕西周至人）独自一人去东突厥向启民可汗借二万骑兵。启民可汗依附于隋，不敢不听，遂派出两万骑兵，由韦云起节制。为解决突厥兵不听汉将军命令、容易散漫的问题，韦云起带兵出发前，即命令军士无公事不得骑马驰骋。一位突厥兵并没有当回事，在途中违犯，韦云起即刻将之斩首，自此以后，突厥兵见到韦云起，都不敢抬头看他。

韦云起将二万突厥骑兵分成二十个营，共分四道，每营相距一里，不得交杂。教令士兵闻鼓而行，闻角则止。契丹原依附于突厥，见来者是突厥军，也没有防范。韦云起令军士诈称借道去柳城（今辽宁朝阳）和高句丽人做一笔生意，契丹军信以为真。当天夜里，已经深入契丹境内百余里的韦云起突然挥军返回，契丹军大败，"尽获其男女四万口，女子及畜产以半赐突厥，余将入朝，男子皆杀之"。杨广大喜，褒奖说："云起用突厥而平契丹，行师奇谲，才兼文武，又立朝謇谔，朕今亲自举之。"破契丹之后，突厥与隋朝的关系一度紧密无间。

607 年，为加强边疆防御能力，杨广下诏，在全国征发男丁一百多万人，修筑西距榆林、东至紫河（即今内蒙古南部、山西西北长城外的浑河）之间的长城。东突厥启民可汗染干（处罗侯之子）带安义公主觐见杨广，杨广盛情款待，组织了内容丰富的歌舞和杂技演出，并赐以绫罗丝绸，尽显天朝之繁荣富裕。启民可汗很是感动，对天朝的仰慕之情无以复加，当场要除去自己民族的服装，从此以后穿戴杨广赐给他的冠带。这不是虚假表演，从此后，启民可汗便经常穿戴汉服。

608 年，隋将薛世雄（字世英）带兵进驻伊吾，负责商贸事务。薛世雄在伊吾建造了一座新城。这种威慑和归附，北魏以来是绝少见到的。其中最大的砝码和慑服力就是综合国力的强盛。但公元 7 世纪初的强盛和富裕也给杨广造成了某种心理假象，以为国内已经平安无事，只需要加强政治改革、兴办教育与做好经济建设就可以了。也许杨广也总是以为，国力民财是取之不尽的，无论再怎么挥霍，穷兵黩武，也不至于官逼民反，毁掉基业。

再说西突厥，这时候他们居住在于都斤山、越金山等地，龟兹、铁勒、伊吾及西域部落纷纷归附。其内部的变化也很大。早年间，阿波可汗被隋擒杀后，部众推举族人鞅素特勤之子为泥利可汗。泥利可汗实力弱，只好依附于势力较大的达头可汗。不过几年，启民可汗子处罗可汗又强大起来。达头可汗死，他的孙子射匮反过来又依附于处罗可汗。处罗可汗为了防备、牵制周边各个民族部落，在石国（乌兹别克斯坦塔什干）、应娑（即鹰娑川）又分立了两个小可汗，"分统各部"。

这时候的铁勒，是一个主要以契苾、薛延陀二部建立起来的部落联盟，分别附属于东西突厥，处罗可汗对他们进行残酷压榨，"厚敛其物"[①]。铁勒部早已不满，酝酿反叛，恰巧处罗可汗又借故杀了薛延陀的一个渠帅及其部下数百人。铁勒各部气愤不过，联合起来反抗处罗可汗，并大获全胜。

隋帝国知道这一情况后，遣崔君肃前往，以东突厥归附隋帝国为例，进行劝降。处罗可汗思念其汉族母亲向氏，于是归附隋朝。在这一系列的作为中，起主导作用的人物就是裴矩。裴矩是一位睿智、博学、善谋、善为的臣子，在隋帝国，裴矩肯定是独一无二的西域通。不仅如此，他还对东南、西南和东北等地的地理和民族了如指掌。

---

① ［唐］魏徵等. 隋书·西突厥传. 中华书局. 1973 年 8 月第 1 版.

裴矩先前被派遣到张掖，总督当地事务，联络胡商，以利于帝国贸易。裴矩这个人不偷懒，恪尽职守，在张掖几年，他走遍了丝路所有的贸易站点，掌握了一些珍贵的资料和一手情况，他还深入敦煌、伊吾(今吐鲁番)一带，对通商、民族、风俗、地理等情况进行了深入全面的勘察了解，撰写了《西域图记》三卷本，上奏杨广。

裴矩对杨广说："皇上顺天应人，恩泽众生，不分中国还是外族，所以，凡天下人，不管是内地子民还是游牧之众，没有不被感化的。凡是能够知道的地方，都会派人来我天朝朝贡，即使最远的地方，也都会来。"①这明显是奉承，也有投其所好、鼓励其为的嫌疑。不仅如此，裴矩还历数秦汉、先人功绩，最后讲了他在张掖的作为以及西域和中亚诸国的详细情况。裴矩这种作为，对隋炀帝决心开拓西域，再度拓展其疆域，保障丝绸之路通畅方面的决策，提供了至关重要的信息支持。

反过来看，若是以此作为促使隋灭的一个因素也不为过，毕竟经略西域就要大动干戈、耗费财力和人力，这对于刚刚营建东都、开凿运河、征伐东南和北疆的新生隋帝国来说，压力是足够大的。

---

① [唐] 魏徵等. 隋书·裴矩传. 中华书局. 1973 年 8 月第 1 版.

听了裴矩的一番话，杨广很高兴，赐给他绸缎五百匹，并且每次上朝，都让裴矩和自己一起坐在龙榻上，亲自询问西域诸国的事情。裴矩说，那些部落和国家盛产宝物，吐谷浑也很想把他们占据。杨广遂下定决心，把开通西域、与外部落和国家交往的一切事宜，都交给裴矩来办理。

杨广本来就是一个有雄心的皇帝，对未知世界总是充满好奇。这可能与他好诗文、爱冒险的品性有关。裴矩的奏言，不仅说明了当时西域（今新疆）境内一些民族的基本情况，同时还对由中亚通往西方的道路进行了描绘。他不是要杨广使用武力手段，而是运用帝国的财富和威望，使之影响更远。裴矩这一主张，是和中国古丝绸之路在中亚和欧洲所起的实际作用是一致的。而司马光等人编著的《资治通鉴》中斥责裴矩："都是裴矩让隋朝四处用兵，连续打仗，致使国家疲敝，不久就因此而亡国了。"然而，北宋是一个军事保守的时代，司马光本人更保守。他的评价放在历史长河中是不足为观的。

正如裴矩对杨广所言，隋帝国时期，商业贸易已经开始红火的丝绸之路上还有许多不安全因素。由于西突厥、铁勒和吐谷浑的威胁，许多商贾只能绕道，多走冤枉路。若要确保这条道路畅通，就必须全面控制，不能让商贾在途中受到威胁，无形中减少帝国贸易的收益以及声威。

公元607年，隋炀帝西巡至榆林，受到了东突厥启民可汗的盛情款待。杨广当然也不会吝啬，一次性宴请东突厥各部首领多达三千五百人，并赐予启民可汗绸缎一万二千匹。这可能是有史以来最大的一次中原帝国与边疆民族的宴会。名将高颎、贺若弼劝谏说，这样做过于奢侈了。杨广恼怒，将他们处死。从这一点看，杨广是地道的无耻昏君，杀人随性，不辨好坏，其亡无可怜悯。但从杨广性格来看，他就像是一个时下流行的富二代、官二代，炫耀成分多，而正当他在被赐予者面前炫耀得意的时候，高颎和贺若弼不分场合出来劝谏，致使杨广的小脸上挂不住，为了面子，就令人将二位名将忠臣斩首。

而裴矩则是一个会生存、保位置的高手，杨广令他做什么，他尽心，且做得非常卖力和到位。归附唐后，转脸就是诤臣，深受李世民的信赖。从现在早已散佚的《西域图记》及相关历史记述来看，裴矩还是一个不错的地理学家和人种学家。

再次回到张掖后，裴矩立即着手杨广西巡的准备工作。

吐谷浑再次犯边，侵入平凉、天水、武威和敦煌一带。吐谷浑先前与隋朝修好，后内部发生叛乱，与隋关系再次破裂。裴矩建议隋炀帝派人说服铁勒攻击吐谷浑。吐谷浑不知内情，反而向隋求救。隋炀帝派遣军队不帮吐谷浑且攻击之，吐谷浑王伏允腹背受敌，败走雪山（今青海阿尼玛卿山）。这一次，吐谷浑东起青海湖东岸、西至塔里木盆地、北起库鲁克塔格山脉、南至昆仑山脉的领地，都被隋帝国所控制。

609 年，杨广决定西巡，率大军从京都长安出发，到甘肃陇西，又绕道青海，以大军围困吐谷浑于覆袁山（今青海北鄂博河）。突围之后，伏允派手下一个名王冒充自己去保住我真山（今祁连山东南）。次年，杨广再下令右屯卫将军张定和击杀伏允。张定和身先士卒，战死。副将柳武建整顿兵马，再战伏允，斩杀敌军数百。610 年，吐谷浑的仙头王穷蹙带十余万人投降隋朝。611 年 6 月，杨广再派左光禄大夫梁默、右翊卫将军李琼率军追击伏允，中途误入包围圈，全军覆没。

同年 6 月，杨广继续西巡，至今青海祁连县，在鄂博岭设置军营，以防吐谷浑卷土重来（此军营名为四方城，现遗址仍存，在祁连山阿柔乡附近，祁连山南麓下）。杨广大军横穿祁连山，经大斗拔谷（即今甘肃民乐和青海祁连县之间的扁都口），因为大斗拔谷道路狭窄又很险峻，大军蜂拥而入，天公又不作美，先是阴暗，又暴风雪，杨广和他所带的后宫人马走失，士卒冻死了一大半。至今甘肃民乐，顺势而下，至霍去病驱逐匈奴后设置的河西四郡之一——张掖。

杨广这一次远行，大致是历代皇帝中走得最远的。也不同于他南巡扬州，劳民伤财，全是淫乐。至张掖，纯粹是为了击败吐谷浑，畅通帝国西段的贸易之路，努力把边疆拓展得更远一些。这是他作为皇帝和冒险家的梦想之一。杨广也切切实实地做到了。到张掖之后，就下诏给各个地方，让他们挑选才艺俱佳的各类人员，还有臂力超强、为人骁勇、武艺超群，以及在任上用心理政、品行正直、敢于反对上级错误决策的官员和参加过乡试、会试和殿试的举人。次月，高昌王曲伯雅前来觐见，伊吾（今吐鲁番）的突厥地方官也把下辖的数千里土地献给了隋朝。杨广很高兴，下令在今青海湖、青海的门源县和新疆的鄯善、且末四地建立州郡。杨广又视察了张掖的观风行殿（现已不存），查看了其中陈列的各类文物，择日叫随行乐队奏九部乐，令各类艺人登台献艺，宴请高昌王和突厥的吐屯设等人，对他们非常恩宠。一同参加宴会的，还有其他三十多个国家和部落的首领。高兴之余，杨广又下令大赦天下，凡杨坚时期被流放至此的，都可以返回家乡；但当年在晋阳反叛的逆贼及其后代，不在此列。同时又下令陇右各地方，免三年赋税。

杨广可能是历史上中原帝王西巡最远的一个帝王、最高统治者。他到张掖，一是为声张帝国声威，二是来巡视裴矩经略西域的成果，三是招抚和慰安。这在张掖历史上可能是绝无仅有的一次。在这里，杨广不仅宴请了降服汗国和部落的首领，还组织了大型的商品贸易活动。此外，还进行了一次地区性的人才选拔活动。

据说，杨广诗作名篇《饮马长城窟行》即写于此时，全诗如下：

> 肃肃秋风起，悠悠行万里。
>
> 万里何所行，横漠筑长城。
>
> 岂合小子智，先圣之所营。
>
> 树兹万世策，安此亿兆生。
>
> 讵敢惮焦思，高枕于上京。
>
> 北河见武节，千里卷戎旌。
>
> 山川互出没，原野穷超忽。
>
> 撞金止行阵，鸣鼓兴士卒。
>
> 千乘万旗动，饮马长城窟。
>
> 秋昏塞外云，雾暗关山月。

缘严驿马上，乘空烽火发。

借问长城侯，单于入朝谒。

浊气静天山，晨光照高阙。

释兵仍振旅，要荒事万举。

饮至告言旋，功归清庙前。

后世帝王李世民评说："朕观《隋炀帝集》，文辞奥博，亦知是尧、舜而非桀、纣。"

在开疆拓土上，杨广的功业比秦始皇、李唐王朝更大更广，时印度支那的安南、占婆（都属今越南）以及台湾等地都是隋帝国天下。但在对高句丽的战争中，杨广三次出征三次失败，弄得民不聊生，怨声载道，反叛者风起云涌，这可能是导致其灭亡的直接原因之一。公元 611 年，杨广在山东打造战船、征募兵丁、增加赋税，以致民不聊生，邹平人王薄，在今山东章丘、邹平境内聚众起事。后起义不断，刘霸道、孙安祖、高士达、张金称、窦建德、翟让、李密、李渊、王世充、薛举等农民和贵族纷纷起义，虽然打的口号不同，但目的相同。

杨广知道大势已去，心灰意冷，准备长期住在江都（今江苏丹阳），梦想着做个偏安皇帝。谁也没想到，这么一个狂妄的皇帝，最终会落到这步田地。杨广多次照着镜子对自己说，这么好的头颅，谁来砍掉呢？这时候，杨广该是怎样的一种心情，悲怆和懊悔都不足以概括。他似乎已经知道了自己的结局。对镜自照，美仪的姿容不过躯壳，俊美的面孔不过也只是虚设。然而，他想到的是，这么好的一截颈子，如此高贵的一颗头颅，普天之下，又有谁有资格砍掉它呢？

杨广是太相信自己身边人了。沦落到这步田地，他的卫士们也开始反叛了，有的竟然公开谈论。这些人都是从陕西来的，在江南住不惯，又想家，有的干脆偷偷溜回了原籍。再加上各地起义风起云涌，杨广的侍卫们反心昭然，甚至毫不避人地谋划抓杀杨广。后由虎贲中郎将元礼、直阁裴虔通等人共谋，推选宇文述儿子宇文化及为首，发动兵变。

反叛的军士抓到杨广后，直陈杨广罪状。杨广说，我是对百姓有罪，但你们哪个没受过我的恩惠？卫士们被问得无话可说，抓住他十二岁的儿子杨杲，挥刀杀死，鲜血溅了杨广和萧皇后一身。就要杀杨广时，杨广却说，皇帝怎么能这样死呢？拿鸩酒来！可惜，杨广最后的要求也不被允许，一个叫令狐行达的人抓住杨广，往地上一扔。杨广知命必休，把自己脖子上的一条束巾递给令狐行达，令狐行达毫不犹豫，用这条带子，把杨广勒死！跟他多年的萧皇后与宫人一起拆了床板，做了一口棺材，偷偷把杨广葬在江都宫的流珠堂下。后宇文化及率军北上，令原东莱太守陈棱守江都。陈棱知道杨广葬身处后，"集众缟素，为炀帝发丧，备仪卫，改葬于吴公台下，衰杖送丧，恸感行路"。

这样的一种结局，也许杨广自己没有料到。但属下兵士之残忍，也匪夷所思。百姓恨杨广，是因为杨广穷兵黩武，大兴土木，为自己的功业从他们口中夺食，杀之也情有可原。但同时杨广统治阶层的受益者，宇文化及也好，亲信裴虔通、元礼也好，他们杀杨广是没有道理的。那个小兵令狐行达也确实过分了，但他也因此而留名于世。人生也真是蹊跷，杨广执政期间，杀人无算，且多是世所罕见之才，如高颎、贺若弼。这样的皇帝是注定要被诛杀的，不过杨广的死来得早了一些，如他一般的皇帝，比比皆是，只是杨隋王朝的存续时间显得如此短暂。这真是一个悲剧性的王朝，其兴也庞然，其亡也速然，与嬴政的大秦何其相似。

阴山道，回鹘马

1. 引狼入室

公元 755 年 11 月，安禄山起兵，不过一个月时间，就从范阳杀到了洛阳。李隆基听信杨国忠、鱼朝恩、边令诚谗言，临阵斩杀了高仙芝、封常清，又请出早已因中风瘫痪的哥舒翰到潼关前线指挥。杨国忠又一再鼓动李隆基下令使哥舒翰出潼关作战。哥舒翰先为河西节度使，在对吐蕃作战中身先士卒，又善于谋略，多有胜绩。他知道，一旦出关，必定全军覆没。果不其然，在李隆基威逼下，哥舒翰只好带军出关作战。开拔之时，全军嚎声雷动，均明知此去死路一条。唐军到陕县，就遭到了安禄山军队的截击，十万军士只剩下八千人。哥舒翰被属下一名吐蕃将领火拔归仁抬起，绑在马上，投降了安禄山。

潼关失守，李隆基名义上御驾亲征，实际上带着杨贵妃、高力士和杨国忠等，一路向西仓皇逃窜。到灵武，太子李亨被人劝阻，留下组织军队反击，不久顺应群臣要求，登基即位。隐士李泌出山，成为安史之乱的主要部署者和决策者之一。虽然河北有颜真卿、颜杲卿组织部队反击，河东地区有郭子仪和李光弼取得局部胜利，但唐军不仅损失惨重，战争进展也不尽如人意。在此情况下，李亨听从郭子仪建议，下令敦煌王李承寀和吐蕃族将领仆固怀恩去回纥借兵。

回纥即南北朝时敕勒（高车）六氏之一，原称袁纥。安史之乱后又自改成回鹘。早在公元744年，回纥就与唐帝国关系密切，自东突厥灭亡后，回纥第一任可汗骨力裴罗趁机占领了东突厥旧地，控制了东至阿尔泰山、西到鄂尔浑河的广大领域，多年征伐后，又控制了北方的黠戛斯、东方的室韦、契丹和库莫奚等部族，并积蓄力量，与葛逻禄争夺准噶尔盆地的领导权。

到回纥牙帐，葛勒可汗盛情接待了李承寀和仆固怀恩，还把自己可敦（可贺敦，即王后）的妹妹下嫁李承寀为妻。唐帝国请求支援，葛勒可汗满口答应，并让仆固怀恩先回彭原（今甘肃西峰市西峰区）报告李亨，随后派部将葛逻支带精兵二千奔袭范阳。当时的回纥可汗牙帐在今蒙古国鄂尔浑河谷，距离范阳（今北京和保定之间）何止千里？随后，葛勒可汗又派出叶护（王子）率骑兵至彭原参战。李亨甚喜，当即令其三子广平王李俶与之结为兄弟。但是，回纥叶护也提出要求说："克城之日，土地、士庶归唐，金帛、子女皆归回纥。"李亨当即答应。

回纥之所以乐意参战，一方面瞄准唐的巨额财富，另一方面军事实力强大。游牧汗国的军事力量，多半源于数量众多且训练有素的战马。当时，回纥境内的战马数量和巨大战斗力，非李唐可比。第一，李唐帝国承平日久，至李隆基时代，仓廪满，衣食足，江南塞北，一派繁华。李隆基及其主要臣僚便以为天下大安，用不着那么多吃闲饭的了，便相对减少了京畿和内地的驻军。第二，尽管范阳、河东等地区与室韦、库莫奚、回纥接壤，驻军数量多，但都早已被安禄山转换成了自己的亲信，日夜操练，不是为保李唐帝国效力，而是为其反叛夺取李唐江山做准备。第三，自李世民时代起，唐帝国的主要精力都用在了对抗蒙古高原、中亚地区的游牧汗国，如前后东西突厥、薛延陀、吐谷浑、铁勒、吐蕃、回纥、葛逻禄等，进而全力保障丝绸之路的畅通。第四，军备废弛。军队纪律松弛，战斗力弱化，虽然也辟有专门的马场和马苑，但质量和数量还是不能和原本就产马的游牧汗国相提并论。

昔时，回纥境内大致有四种战马：一是骨立干马，这种战马头像骆驼，筋骨粗壮，可日行数千里，为西域最大战马；二是康居的康曷利马，即通常所说的大宛马，个头奇大且孔武有力；三是黠戛斯马和拔悉密马；四是突厥马，也就是后来的蒙古马，个头偏小，但耐力奇好，生存能力也强。很显然，这几种马并非回纥境内所独有，而是回纥征服其他部落后，将之转为己用的。突厥马才是他们的本地所产。

算上回纥部队，唐军统共凑齐了十五万兵马。由李嗣业统前军，王思礼断后，郭子仪统率中军，号称二十万，以三个梯队由长安向洛阳发动总攻。名将李嗣业首当其冲，挥舞陌刀与安庆绪大将李归仁大战数百回合，砍落李归仁的头盔之后，又斩杀了李归仁属下一些悍勇军卒，军心大振。回纥叶护率军紧随而上，敌军大乱。

初战得胜，但郭子仪还是不敢大意，防止敌军有诈。郭子仪令仆固怀恩带精锐部队护住辎重，防止敌军抄袭后路。几天后，李嗣业和回纥叶护之军基本肃清了前方之敌，仆固怀恩也在后方击败了偷袭的敌军。三军联合一处，又组织对敌将安守忠和李归仁的大规模反击战，斩杀叛军六万多人。

大胜归来，仆固怀恩建议广平王李俶说："安庆绪、安守忠、李归仁等敌将迫于我军威势，必定会连夜弃城而逃，宜带兵再接再厉，一鼓作气将其歼灭。"而李俶却以兵士乏困为由，没有出兵。第二天一大早，有士兵报告说，敌军已经弃城而去。李俶整军入城，侥幸不死的百姓出城迎接。他们以为，唐军进来了，就可以更好地活命、安居乐业了。可没想到，叛军刚走，唐军中的回纥兵又开始对他们进行洗劫，且连续三日不绝。杀戮之重，抢劫之狠，比安禄山、安庆绪所部更甚。郭子仪实在看不过去，请李俶从军中筹集丝帛与其他财物送给回纥叶护，以阻止其纵兵对百姓的洗劫。

2.帝国暮年

759 年，史思明被其子史朝义派人弑杀，其生前所立太子史朝清和他的母亲辛氏也被斩杀。真是报应不爽，史思明杀安庆绪，安庆绪杀其父安禄山，所作所为，前后情状基本一致。新继位的唐代宗李豫（即李俶）再次派宦官刘清潭到回纥借兵。葛勒可汗却不愿意出兵，反要代宗下嫁闺女给他。代宗只好将幼女宁国公主下嫁葛勒可汗，又册封葛勒可汗为英武威远毗伽可汗，并赐予貂裘白毡等财帛。

先前与李豫结为兄弟，且又要履行旧约的回纥太子叶护，向其父葛勒可汗请求自带三千骑兵与唐军一起攻打范阳，被葛勒可汗拒绝。太子叶护坚持要去，葛勒可汗就是不允许，太子叶护当场气急而死。这时候，葛勒可汗深感后悔，令王子骨啜特勒和宰相帝德率军三千，与唐帝国一起攻打史朝义。与此同时，葛勒可汗又上书为他小儿子移地健请婚。唐代宗只好将仆固怀恩之女嫁与他。一年后，葛勒可汗病死，其子移地健继位为牟羽可汗（后称登里可汗）。

大兵压境，史朝义知道自己已是穷途末路，但仍抱着一线希望，他派人到回纥说，唐朝的两个皇帝死了，中原无主，各地府库充盈，倘若出兵，可尽收财帛。牟羽可汗信以为真，带兵杀入唐境，半路上遇到奉命前来出使回纥的宦官刘清潭，问："唐已经灭亡了，怎么还有使者？"刘清潭说："先前的两个皇帝虽然都死了，可是先前与你们叶护结为兄弟的广平王现在改名李豫，已经继位了。"

牟羽可汗这才带刘清潭先回到鄂尔浑河的牙帐。数日后，又带数万兵马与刘清潭一起入唐，深入到长安和洛阳。牟羽可汗沿路看到唐境内各郡县的残破景象，顿起轻视唐帝国之心，一路上言语相讥，弄得刘清潭这个宦官好没面子。代宗李豫听了报告，急忙派仆固怀恩前去慰抚，旋即又令雍王李适领兵去慰劳牟羽可汗。

两军在陕州（今河南陕县）相遇，雍王李适率御史中丞药子昂、兵马使魏琚、元帅府判官韦少华及行军司马李进四人去见牟羽可汗。牟羽可汗躺在胡床上，爱答不理，态度非常轻慢。牟羽可汗属下的车鼻施将军为讨好可汗，让李适等人向牟羽可汗下拜。药子昂据理力争，车鼻施将军气恼，令人将魏琚、药子昂、李进、韦少华四人拖出去暴打。韦少华和魏琚二人当场被打死。

唐帝国至此，已经毫无尊严。几个节度使听说此事后，纷纷要讨伐回纥。李适觉得还是讨伐史朝义重要，就没吭声。第二天，回纥牟羽可汗见唐军集结，阵势浩大，派人请求一同出兵。李适应允，并以回纥兵与仆固怀恩为先锋，郭英乂、鱼朝恩断后。

泽潞节度使李抱玉和仆固怀恩攻占怀州，又带回纥兵从南山绕道掩袭史朝义。镇西节度使马璘也带兵出战，且一马当先，杀敌甚多。史朝义十万军队被斩首六万余，败走郑州。

牟羽可汗屯兵河阳。

唐军继续追击史朝义，史朝义仓皇逃到开封，他属下大将张献诚竟然闭门不纳，史朝义在城下大骂一通，转头奔向濮阳。

牟羽可汗趁洛阳无人留守之际，纵兵入城，再次洗劫。

唐军势大，史朝义属下薛嵩、张忠志、田承嗣、李怀仙、李抱忠等纷纷投降。史朝义走投无路，想投靠契丹，可又被部下将军李怀仙追了回来，逃到一座庙内，觉得实在走投无路了，便以上吊的方式结束了自己短暂的皇帝生涯。李怀仙取了他人头，往仆固怀恩处报功去了。

至此，持续七年并三个月的安史之乱正式平息。

安史之乱罪责在于李隆基，盛唐由他，败唐也因他。而李亨和郭子仪引回纥入关，贻害无穷，给帝国带来的灾难，比安禄山和史思明叛乱更为深重。契丹、库莫奚、吐蕃、回纥、黠戛斯、室韦、葛逻禄等部也通过入唐作战，将唐帝国的家底里外摸了个透亮。其中，回纥出力最大，也后患最大。

回纥之所以答应帮助唐朝平叛，其主要目的有三个：一是趁机摸清楚唐朝的底细。对回纥来说，不管是李唐，还是安禄山和史思明的大燕，谁灭亡都不重要，重要的是自己民族的发展。二是经济利益驱使。中原富庶，这对于常年与吐蕃、黠戛斯、契丹、葛逻禄作战的回纥来说，是一次公然聚敛财富的宝贵机会。有了拱手送来的财富，就可以继续其扩张战略。三是借机向其他民族夸耀自己的政治待遇，并向唐帝国显示自己骑兵的作战能力。

回纥以骑兵为胜，唐帝国的战马，大都依赖回纥、葛逻禄、黠戛斯等国供给。回纥部众也如匈奴一般，年少便骑羊练习，以木刀为剑，搏击之术也非常娴熟。作战时，往往先用骑兵冲撞敌人阵列，然后再趁机掩袭。早在公元 627 年，回纥在与突厥作战中，也是用这种方式最终取胜的。

完成平叛任务，回纥兵并没有及时退去，而是继续在大唐境内抢掠。泽潞节度使李抱玉又任陈郑节度使，见回纥兵如此烧杀抢掠，比安禄山部队还要贪暴，让人劝阻，可没有一个人敢去。赵城（今山西临汾赵城镇）县尉马燧自愿前往，用财物厚贿回纥渠帅。渠帅向其部下下令，并与马燧约定说，如再有抢劫者，任由马燧逮捕宰割。

战争结束，李唐再次论功行赏，代宗封牟羽可汗为英义建功毗伽可汗，其妻子为毗伽可敦，并赏赐其可汗和丞相等实封两万户，以下各级封赏不等。牟羽可汗又大捞一把，这才带兵退回。这不是赏赐，而是勒索。而唐帝国也只能听从，给予大量的财帛，以期他们早日带兵离开唐境。

3.回鹘道

公元 647 年，唐帝国如日上升之时，李世民便应回纥、突厥邀请，为繁荣突厥民族经济，开通参天可汗道。这是唐帝国在鼎盛时被突厥尊敬、臣服而起的一个名字，意思是这条道路是专门用来参拜"天可汗"李世民及唐帝国的。可在安史之乱后，这种情况发生了根本性转变。参天可汗道已经不是回纥的参"天可汗"的道路了，而是成为回纥勒索唐帝国，并以此为物资转运站，把唐帝国的丝绸高价转让给昭武九姓国、吐火罗、大食和东罗马等丝绸之路沿途国家，大肆聚敛财富的"回鹘道"，也叫阴山道。

公元788年，回纥骨咄禄可汗上表唐德宗请求改回纥为回鹘，取"回旋轻捷如鹘"之意。自从回纥援唐作战，窥破虚实之后，就有轻视唐帝国之意。安史之乱后，这种状况更为严重。骨力裴罗子孙三代苦心经营，将势力扩张至匈奴故地之外，击败并使黠戛斯、契丹等屈服后，声震四边，甚至敢与正在盛时的大食争长短。安史之乱之后，回纥借助唐与吐蕃交恶、内乱连年不止等难得的机会，恃功多次向唐勒索。

一是经常以与唐进行马匹交易为名，以羸弱老迈的马匹强行骗取唐财帛。《新唐书·兵志》载："乾元后，回纥恃功，岁入马取缯，马皆病弱不可用。"因为唐帝国的战马在安史之乱后基本上损失殆尽，百万战马死于战场，各节度使为了加强自己的战斗力(如："肃宗收兵至彭原，率官吏马抵平凉，搜监牧及私群，得马数万，军遂振。"[1]) 对马的需求量与日俱增，而买马的费用则要中央政府拨

---

① ［北宋］欧阳修等. 新唐书·兵志. 中华书局. 1975年2月第1版.

出。因此，当郭子仪向代宗李豫提出无条件收购回纥马时，代宗没有答应的原因，就是财政困难。

作为冷兵器年代战斗力的主要构成部分，唐帝国不买马就无法作战，马匹少也对战斗力具有致命影响。因此，买马成为了肃宗至唐亡百余年之间，政治和军事上的主要议题，也是军事上始终再没有超越前代的主要原因之一。回纥在买马匹交换丝绸上得到了甜头，也以为唐帝国就是他们取之不尽的"国库"，以至于他们牟羽可汗不仅可以与吐蕃、大食、葛逻禄争夺西域和中亚地区，而且在鄂尔浑河上游的哈剌巴喇哈逊建造了华丽堂皇的可汗宫殿，耿世民所译《格勒可汗碑》中说："我让人建造了白色宫殿。""我让人修造了宫殿，让人在那里打造了石碑。我让粟特人和唐人在色楞格河旁修筑了富贵城。"可见，唐帝国对回鹘财富输出量之大。

在回纥所修的数座宫殿中，位于鄂尔浑河上游回纥牙帐的最为壮观华丽，占地二十五平方公里，内城一平方公里，城墙高达十二米，瞭望楼高十四米。这座古城虽然已经荒废，但通过复原，还可以看出其大致轮廓。

此外，回纥还在合罗川（即今内蒙古额济纳旗境内的弱水河余波）建有规模宏大的公主城，还有位于鹛鹕泉以北的公主城和眉间城，克鲁伦河畔的可敦城，叶赛尼河上游及唐努乌梁海一带分别还有十五座回鹘古城遗址。①

二是以回鹘道为主要干线，疯狂聚敛财富。彭信威《中国货币史》中说，唐帝国的丝绸制品在大食至罗马沿途上的最高价值为一匹丝绸重二十五两，在东罗马可以卖到二十五两黄金，即使蚕桑技术传至拜占庭，每匹丝绸的价格是一至四公斤的黄金，利润超二十倍甚至更多，黑市的价格更高。回纥因此不断抬高马价，甚至用病弱老马向唐换取缯丝和罗锦等丝织品，从中获取高于本地与中原的高额回报。

三是当回鹘道成为了联通中原与西域，唐帝国与印度、大食、东罗马帝国的唯一通道后，回纥全线掌控了陆路丝绸交易的产出与输入转运权。唐帝国往往以贱卖或者被强行勒索的方式，将丝织品的巨额利润无条件地转让给回纥。

但并非回纥人有此经济头脑，在回纥及吐蕃、黠戛斯、葛逻禄、突骑施等游牧汗国之中，操纵财富、宗教信仰和政治走向、军事决策的，往往是天生具备商业头脑的昭武九姓国之粟特人，当然还包

---

① 杨圣敏. 回纥史. 广西师范大学出版社. 2008 年 5 月 1 日第 1 版.

括入唐参与平叛乃至后来以绢马为主的经济贸易。

回鹘道也是回纥境内的主要交通线。其主要路程和方向如下：从回纥汗国牙帐所在地哈剌巴喇哈逊向南过鸊鹈泉可去到张仁愿修筑的三受降城，然后再从振武、太原、蒲关入长安，另外，从鸊鹈泉翻过阴山，再沿贺兰山东麓至灵州到长安。此外，还可以从今碛口县东渡黄河，经鄂尔多斯草原至长安。由回鹘城向西，经巴里坤湖草原可到北庭所在地吉木萨尔，再穿过准噶尔盆地向西可以到达江布尔城。

除回鹘道外，居延道也在此时成为了辅助干线，从现在的内蒙古额济纳旗境内的苏泊淖尔（居延海）向南，经马鬃山至今甘肃玉门境内，再向西北，不经过敦煌和玉门关，可以进入西州。另外，由此经巴里坤草原进吉木萨尔。由额济纳再向北，穿过回纥牙帐（即鄂尔浑河上游地区），向东北和西北方向可以到达贝加尔湖北部骨立干和剑河流域的黠戛斯营地；由此向东，再入呼伦贝尔草原，穿过大兴安岭进入室韦（鞑靼）境地；沿着阴山北部东行，可以到达契丹和库莫奚所在的西拉木伦河流域。

李世民时期，这条道路上就有驿站六十六个，基本上覆盖了回纥全境，至库莫奚和契丹、室韦、西突厥葛逻禄所部等地区也是畅通的。但在唐朝完全控制西域并达到鼎盛的时期，这条道路因沙漠漫长且道路曲折，行人不是很多。但在安史之乱后，这种状况得到了根本性的扭转，不仅为唐提供了与安西、北庭联系的通道，也成为了回纥社会经济发展的高速引擎。

4. 阴山虏，奈尔何

马匹和丝绸交易的高利润，刺激了回纥的经济发展，养马业是其中的龙头产业。他们交易马匹的主要对象是唐帝国，贞观年间卖给唐帝国一匹成年马的价格最高为十匹绢，到代宗后期为四十匹绢，再后来涨到五十匹绢。因此，唐代宗之后，唐朝每年都赊欠回纥的买马钱。《新唐书·食货志》载："时回纥有助收西京功，代宗厚遇之，与中国婚姻，岁送马十万匹，酬以缣帛百余万匹。而中国财力屈竭，岁负马价。"

白居易在《阴山道》一诗中生动深刻地描述了唐与回鹘之间的这种不平等交易：

> 阴山道，阴山道，纥逻敦肥水泉好。
>
> 每至戎人送马时，道旁千里无纤草。

草尽泉枯马病赢，飞龙但印骨与皮。

五十匹缣易一匹，缣去马来无了日。

养无所用去非宜，每岁死伤十六七。

缣丝不足女工苦，疏织短截充匹数。

藕丝蛛网三丈余，回鹘诉称无用处。

咸安公主号可敦，远为可汗频奏论。

元和二年下新敕，内出金帛酬马直。

仍诏江淮马价缣，从此不令疏短织。

合罗将军呼万岁，捧授金银与缣彩。

谁知黠虏启贪心，明年马多来一倍。

缣渐好，马渐多。阴山虏，奈尔何。

这一贸易逆转现象，不仅使李唐王室面子上不好看，更带来了一系列严重的社会问题。政府要战马作战，出钱的是老百姓，尤其是从事绢丝和罗锦等生产行业的私营手工业者。如白居易诗中所说："缣丝不足女工苦，疏织短截充匹数。"这种间接的盘剥，施加到百姓身上，带来的不是回纥的贪暴，而是对整个李唐帝国的失望和不满情绪。因此，各种形式的农民反叛也时常发生，尽管没有造成大的社会动乱，但也集中反映出唐后期一些积重难返的社会问题。

　　此外，回纥贵族和商人还在各地恃强凌弱，如回纥兵在洛阳白马寺和圣善寺放火烧死万余避难的百姓之后，又劈开鸿胪寺的大门，夜半进入抢劫，并纵使兵众抢劫妇女，因纠纷而入公堂刺伤唐朝官吏，在市场动刀杀人、冲进监狱砍伤狱吏，带走人犯等，唐朝都给予了忍让。

　　《新唐书·藩镇李怀仙传》记载："始，回鹘使者岁入朝，所过暴慢，吏不敢何禁，但严兵自守。虏怙习，益警悍，至鞭候人，剽突市区。时大酋李畅者，晓华人语，尤凶黠。既就馆，横须索，挟痕邮人。"唐德宗继位，以委婉的方式驱逐回纥人，并努力改善与吐蕃的关系，为此不惜割让土地，继续和亲并厚赠财帛，但吐蕃仍旧得寸进尺，又出兵占据了河陇、剑南、河湟等广大地区。

　　尽管如此，唐帝国还是不敢得罪回纥。斯时，巨富之人，大抵是来自回纥和昭武九姓国的粟特人。《新唐书·回鹘传上》载："始回纥至中国，常参以九姓胡，往往留京师，至千人，居赀殖产甚厚。"诸如此类，肃宗、代宗和德宗朝比比皆是。回纥酋长大小梅录、翳蜜施、突董等人由长安返回回纥时，装载财物的骆驼如绳索一样蜿蜒于道。到振武军（今内蒙古和林格尔县）所在地，盘桓三个月还不走，每天吃喝要唐军供给，每顿都要珍味，振武军花费颇多。振武军军使张光晟很愤慨，派人暗中监视，驿吏用长锥子刺破口袋，才发现里面装的是从中原抢来的女子，准备运到回纥境内贩卖。

张先晟上奏说："回纥不是自己有多么强大，是其得到了昭武九姓胡的帮助，胡人是有利则往，有利才合，现在他们国家正乱（宰相顿莫贺达干杀死牟羽可汗并自立），把他们抢掠我们的女子和金币夺回来，若是他们来问，就说这些人来边境捣乱，被我们军士误杀了。"

唐德宗同意了张光晟的建议。张光晟故意让手下士兵对突董等人不礼貌。突董果然大怒，用鞭子抽打唐军。张光晟趁机带兵将这些回纥商人和贵族全部杀掉。收回骆驼和马匹数千，缯锦十万匹，并传告回纥说："你们的人来谋取振武，我们先把他们杀死了。"然后将被回纥抢劫的女子送回长安。

这可能是德宗时期对回鹘在长安的暴行给予的一次大快人心的报复，但无法从根本上解决唐与回鹘的贸易逆差问题。而在背后挑动马价甚至驱使回鹘不断对唐动武的幕后黑手是为回鹘带来摩尼教的昭武九姓国商人。对此，羽田亨之在《西域文明史概论》中说："自南北朝至隋唐，敏于逐利的粟特人不少来此（回鹘牙帐），他们不独贸易物资，并在政治方面担任重要任务，就连这一时期的中国史上的大事，突厥回鹘的侵掠、强凌中国，都是由于这些狡猾的粟特人的策动。"与此同时，黠戛斯、葛逻禄也不堪忍受回鹘的盘剥压榨，与黑衣大食、吐蕃联合，公开反叛。随后的一段时期，吐蕃与回鹘在西域彼此角逐，兵戎战火，马蹄刀枪，也非常残酷与激烈。

辑
二

宁夏

从地图上看，宁夏就像一只大雁……鹰可能更准确，而且朝向西北；再看，又像是一个独舞的男子，姿态笨拙但却威武。整个宁夏，南北中轴处在华北、阿拉善台地与祁连山褶皱之间。从腾格里—沙坡头进入之后，忽然就有了别样的意味，是那种开阔的起伏、宽厚的限制。腾格里最早出自匈奴语，且与祁连山同为"天"和"天神"。这片沙漠及其临近的黄河、中卫等大地脉流与人类聚居地，应是一种三角关系：一边远上青藏高原，一边匍匐入银川盆地，一边则攀援阿拉善高原。其中的黄河，无疑是一根深植于宁夏内心的文化藤蔓与文明标尺。它携泥带沙，滔滔横贯，源头却是庞大的积雪和青藏高原的泥土、草根与砾石。

黄河就是一种浑黄的带走与绵绵不绝。

有几次在白昼路过沙坡头，车在高坡上如钢铁旱龙蜿蜒，忽见一汪静水在一道峡谷里低眉信手，佯装贤淑妇女。日光在其上反射波光，犹如荡漾的黄金，向着天空和两边的石壁做出富贵的慷慨之姿。再从车窗另一侧看，黄沙成丘，平缓向上，间或有几株满身绿叶的沙枣树、沙棘和红柳灌木，以墨黑的散淡之色，临绝境而依然故我，自生自灭却不顾影自怜。

众多的小亭子以金碧辉煌的姿势，也像沙枣树一样站在各个山头上。而我却觉得有些骄慢和不相匹配。对于沙漠，树木才是它真心拥戴的王者；人工的构造显然做作。临河的地方是旅游区的中心地带，漫漫黄沙之中，众人奔腾呼啸，驼队响着铃铛。炎炎烈日，干燥的黄沙愈发璀璨。

因为常年在另一片名叫巴丹吉林的沙漠生活和工作，对于腾格里乃至毛乌素、乌兰布和、塔克拉玛干等相同之地，总有一种难以言说的亲切感。这绝对算得上惺惺相惜、同气连枝。当时我还想，为什么有那么多人来沙坡头？一个荒凉之地，粗糙的场所，与时代氛围格格不入。

有几次于傍晚时分乘火车行至沙坡头，只见落日辉煌，苍天如幕，黄河在一道峡谷里乖顺如刚生产的新母亲，腾格里则以凸起的姿势，为它低头合十。那情形令人震撼，又浮想联翩。

河流本就是对大地的一种持续串联和改造，就是对万物生灵的篡改与饲养。而黄河之于中卫和中宁，则是一种回旋和休息，并缓慢地将它泥浆的身体与一方地域融合。

早期时候，腾格里乃至中卫、中宁、银川、灵武、吴忠、固原等地，便是逐水草而居的牧场，混血之地和帝国的边疆。商周至春秋战国，一个时为猃狁后被称作匈奴的民族就在此地驻牧。他们显然是从腾格里的另一端——巴彦浩特—阿拉善高原—漠北蒙古地区汹涌而来的。在这里休养生息，自相雄长，也对中原帝国形成强大威胁。

这一片瀚海内外，该有多少杀戮的战争？闪闪的丝绸和宗教的筚路蓝缕，骑兵的马蹄飞溅黄沙，商旅的驼队满面惊慌。

入夜，我于昏黄的车厢内，在手机上写了一首命名为《夜过沙坡头》的诗：

嘿，北斗星在腾格里悬挂

北方匈奴横刀，黄河拐角有一声羊咩

在沙坡头我只是路过

跌倒的黄沙之间，西夏的刀子夜半啸鸣

铛铛铛，鹰隼从此失眠

刀锋从此锋利。向南踏碎农耕的马蹄

丰腴的突厥女人

胡腾舞里，饮酒的将军被风砍掉胡须

而此刻大地如此荒芜

除了星子，黄河一丝不挂，如人类最深的悲悯

静缓和奔腾，此刻我在火车上

灯光幽暗。邻铺的一个女人嘴唇微动

是北疆之外血红的情欲

是一个老人，怀抱羊皮于积雪中的睡眠

嘿，黄河从此流，黄河远上青藏

黄河见我在此黯然而过，滔滔逝者于此间悉数出现

这首诗歌该是无意识的，完全信手而出。我想，沙坡头乃至整个腾格里，包括临近的巴彦浩特、中卫、中宁等地，混血的、战争的、情欲的、悲怆的味道足够浓郁。而中卫给人的第一印象该是枸杞了。多年前得知此物产自宁夏的时候，心里还惊诧了一下，觉得这不大可能。在没有来过宁夏之前，我总以为宁夏如同一个气血虚弱的人，躲在甘宁蒙陕之间，要么有气无力难有作为，要么英雄按剑而不喋血沙场，怎么会有枸杞这种令人心疼和柔情万丈的果实呢？

宁夏境内，水源最充沛的地方，莫过于中卫和银川。中卫虽然

是一个县级市，但列车停靠的时间比区府所在地银川还要长一些。站台上大都是售卖枸杞的。每次都买一些，带给朋友或者家人。有一次，娘家在西北的妻子说，枸杞是好东西，滋阴、明目，可以放在粥里煮，也可以泡酒喝，可入药，还可抓一把放在嘴里慢慢嚼着吃。

枸杞和我老家太行山的酸枣有些相像：红，小。但酸枣只可以润肺，去毒；枸杞则针对人的肾脏。这种鲜艳的果实，微小而有烈度的红、凝聚的力，有着脆弱的外表、强大的内心。这与整个宁夏自治区给人的感觉有些相像。有几次下车，在月台上溜达，即使炎夏，空气也异常潮湿，风也是凉的，且有一种穿透的力量；即使其中的尘土，也都没有太多的人工成分。

中卫的那种潮湿，也是西北很多地方不具备的，这是它的优势，也是它与西北其他地区形成区别的因素之一。从中卫到中宁，一路都是沃野，树木苍郁，两边的低山小且有些逃避的神色，感觉像是进入了一个别样的境地。也使人不得不感叹气候的力量，以及大地自适应和自改造能力。

银川也是如此，甚至较卫宁平原更为潮湿。尤其是从包头进入宁夏的时候，看到的是一种"清脆的苍茫"，还有一些缓慢"下陷的干净"。在西北，能够使人在瞬间恍若异地的，似乎只有宁夏和新疆的某一些地方。从北京、张家口、集宁、呼和浩特、包头而石嘴山之后，躺在奔跑的钢铁机器上，很远就能闻到一种浓郁的水汽，沿途干燥而粗粝的空气陡然清冽起来，似乎贴着阴处的水面呼吸，也像是在大雪的冰上鼻翼翕动。不用想，银川就要到了。

四野平阔，如果是晚上，再有月亮，心中就瞬间幻化出边塞诗的意象和感觉。然后想起西夏、李元昊、兴庆府、西夏王陵、岳武穆的《满江红》、贺兰山岩画，以及张贤亮和他后来的那些作家诗人们；想起顿顿都会遭遇的羊肉；想起犹如南国水境的沙湖、最早居民遗迹的发掘地和现在镇北堡影视城；想起唐肃宗李亨继位并组织反击安禄山叛乱的灵武……尤其是这些人和遗迹身上所携带的历史文化意蕴乃至文学和精神的品质。

2013年，宁夏举办"黄河金岸诗歌大赛"，我以上述的那首并另外一首写黄河的诗歌获得二等奖，这才得以深入银川。第一个晚上，和梦也、阿尔、杨梓等人吃饭。晚上散步，梦也给我讲了诸多关于银川的事情。晚上躺在宾馆里，也清晰地感觉到一种熟稔而又潮湿的气息。当然，这时候的银川再不是数年前的了，因为沙尘和工业，前十多年反复在列车上嗅到的那种宁夏特有的气味，虽然还在，但微弱了很多。

但它的天空依旧是西北的，高蓝、深邃，云朵变化无穷，尤其傍晚，落日之下，西天血染，俯仰之间，金碧辉煌，也悲壮莫名。

去看西夏王陵，正是中午。热烈的阳光将远处的贺兰山烧得乌黑而又光芒四溅。想起那山里先民于岩石上的图腾，匈奴、突厥、党项、蒙古等民族留在那里的痕迹：羚羊、岩羊、北山羊、飞雀，《牧马图》，系有尾饰的人物、人面像，舞者，天体和马、羊、虎、神牛图……是他们的一种生活写实，也充满巫性；是一种记录，抑或也是创造文字的一种努力及其雏形。

岳武穆的《满江红》只一句笼统的"踏破贺兰山缺"，便使得这一座其实并不高也不怎么著名的山脉令后世人耳熟能详，且一提起这个名字，就条件反射般地想起并没有率兵到过此地的岳飞及其事迹。这就是文学的力量。

在西夏王陵，感觉悲怆而又充满旖旎之想。党项和羌族，大抵是先前生存在青海和祁连山等地的吐谷浑后裔或者别支。这个民族在隋唐时期曾与中央帝国发生过剧烈摩擦，他们也都骁勇善战，曾经在陕西榆林地区包围杨广及其西巡部队，但很快又被贺若弼等人击败。不久，吐谷浑转而被逐渐强大起来的吐蕃慑服。党项先后两次向唐帝国请求归附，李世民和李隆基分两次将他们安置在今甘肃庆阳、四川松潘、内蒙古鄂尔多斯等地。

西夏的李继迁是一个枭雄式的人物，可惜英年时期死于吐蕃人的暗算；其子李德明再接再厉，使得这一民族初具帝国规模，尤其是他从盐池县迁至银川（兴州、兴庆府）的作为，体现了一个战略家的眼光。李元昊继位后，开始向西征讨，他的大军越过卫宁平原和腾格里沙漠，数年之间，便将武威至敦煌乃至整个阿拉善高原纳入自己的统治版图。尽管创立了文字，一切仿照宋室，但西夏也终究没有脱尽游牧民族残暴与"以力为雄"的暴力传统。由李元昊掠夺其子妃子为妻，其子不忿，用刀削掉李元昊鼻子，李元昊痛极而死开始，这个庞大一时，长期与宋辽呈鼎立之势的半游牧汗国，也没能逃过"其兴也勃焉，其亡也忽焉"的命运。

背后的山势浑圆，状如王冠，也如墓冢，在日光下也显得黝黑。西夏王陵静静地坐落在一块偌大的平地上，四边空旷，两侧和前方有树林。站在前面凝望，忽然觉得离奇，还有些莫名的惋惜。西夏王朝的党项，似乎与五胡十六国时期的匈奴鲜卑后裔很相似，都是儒家文化的学习者和农耕帝国文明的极力仿制者。但他们从中学得的不是宽仁统治与安民之术，而是权谋与兵法。

中原帝国也是如此。

作为一个强大的游牧汗国，西夏也染指过北宋，打了几次胜仗，但却又难以持续；因为，在它背后，先后有女真和蒙古崛起。尤其是后者，不仅是西夏的掘墓人，也是女真和宋朝的终极敌人。1227年，蒙古铁骑横扫西夏，这个鼎盛一时的帝国，数月之间就形同乌有。在王陵一侧的博物馆参观的时候，我也惊异于西夏人创造的文明，尤其是它对宁夏地区历史和文化的影响。只是太过短暂了。看李继迁、李元昊、李乾顺等人的往事，虽然也有可圈点之处，但不够大气和恢宏。说到底，西夏王朝有气吞万里的气概，却没有至高至大的东西让人心悦诚服、心怀敬仰。

在去沙湖的路上，我以"在西夏王陵"为题，即兴写了一首诗：

或许只是一连串坟墓

王者和他的殉葬品。这一片地方过于开阔

连背后的山头都在摩挲青天

两边的杨树林足够茂密

前侧也是。起码胜过党项人的历史

这一个秃发的国家

茂盛从不是西北地区的强项

西夏依然。从盐池到兴州或兴庆府

黄河是拴在腰上的

大漠捧在手心。玉门绝不是他家的门槛

唯有萧关。李继迁

李德明、李元昊、李乾顺

发灰的名字，怀抱马蹄和火焰

还有文字和经卷。而这是一千多年后的银川

大地一如既往。一个人有时候不如一只小麻雀

用以覆盖王者的一百斤黄土

在西夏王陵我左走三步，右走三步

影子也是，然后看看天

想叹息，但没有力气；想和你说说往事

蝉鸣震地，我只好摸摸鼻尖，到那边买水喝去

这种心态也很复杂，但与我在西夏王陵的个人感想极为吻合。

车辆穿过的银川城市阔大而整洁，尤其他的街道，多数笔直且雄阔，两边的楼房没有太高的和特别华丽的。从高处俯瞰，整个银川就像是坐落在滩涂上的一座略带仙气的众生聚居之地。

沿途视野极为开阔，大野苍茫，长天流云，极目远眺，横无阻隔。

沙湖在石嘴山市境内，县名为平罗。远远看到一大片绿色之地，在四野焦黄之中赫然匍匐，俨然一个巨大的胸腔，安静、幽深、卑微而又自在。沙湖的题名很多人都知道，导游的解释不仅无聊，且腐朽得让人想起王刚扮演的和珅恭维乾隆皇帝的那些话，尤其是那种神态。但笑笑是最好的。

是那种饱含泥土的水汽，还有植物根和叶子在生和死当中挥发出来的味道，强大而细致地逼近人的呼吸。我没想到沙湖那么大，茂盛的芦苇犹如列阵齐整的兵阵，平缓之水宽阔无际，让人有一种犹如来到海南，将身泽国的恍惚感。

沙湖这个名字极为形象、准确。沙中之湖，庞大的湿地，大地之肺。日光凌厉，照得浑浊的水面波光粼粼，令人眼花缭乱。船行之后的旋涡很小，但很多，一圈圈荡漾，不急不躁，犹如淑女的碎步。

众人大声惊讶。他们也和我一样，没想到银川还有如此大的一片水域。河流不仅是一种汇集和流向，且是一种贯穿。人也是如此。黄河对它沿岸事物，尤其是人的影响，从来就是潜移默化而又立竿见影的。因为黄河，宁夏之地才在刚硬的自立之中多了一些柔媚与兼爱；因为黄河，也才使得版图最小的宁夏具备了这一种独特的地理文化和人文性格；因为黄河，宁夏完全可以成为易于安身立命又充满兼容气质的一方水土。就像这万顷沙湖，众鸟翔集，众鱼活跃，众多的植物虽然不善于腾跃闪现，但异常葳蕤，且充满粗硬的向上的力量。

尤其是湖中的沙丘，或三五毗连，或单独耸立，或在湖水之外，或在湖水内里。远远看，苍翠与焦黄相依并存，死亡与生机交互出现。自然总是在揭示生命真理，也总是生命各种形态在大地上的镌刻与显示。在船上想到这些，心情不免沉重。转而看犹如绿色围墙的芦苇，丰密，深邃。导游说，沙湖有白尾海雕、黑鹳、白额雁、天鹅、鸳鸯、灰鹤、苍鹭等鸟儿，芦苇丛中，鸟巢多得数不过来，鸟蛋五颜六色。湖里还有鱼，尤其武昌鱼、大鲵。北方一般地方没有。鳖大得好像成了精。

每一个地方都有异于其他地方的生物圈，在宁夏，沙湖可能是自成系统的一个生物生态圈。船的尽头，是巨大的沙山，光脚爬上去，张目环视，只见兼葭苍苍，大水汪洋，令人心胸浩瀚，气韵丰沛。沙子滚烫，但很松软。一路狂奔，到岸边歇息。同行的朋友说就在这里等到傍晚，再看贺兰晴雪。

对这一盛景，我听说许久，当然想亲眼目睹。可惜，导游没有安排这一项活动，只好登车返回银川。一路平坦，使人不由觉得，从石嘴山到卫宁平原，其地理人文是一脉相承的。在古时，完全就是一个大校场，可以策马狂奔而不用缰绳，放牧万千牛羊却不担心无法收拢。

诗人杨森君从灵武来。这一个黑脸大汉，优秀诗人。几个人坐下来吃驴肉，喝酒，聊诗歌。森君说可以去他的灵武看看。我说下次肯定还要来。也想到，灵武乃是粟特人后裔居住之地。安史之乱爆发后，李隆基由灵武转道成都。太子李亨留下，与李泌、郭子仪、李光弼等人组织平叛。不久，李亨继位为唐肃宗。多年前读《新唐书》，我记得这样一个也发生在灵武的故事。

唐德宗时期，灵武是唐与吐蕃的边界。以参与平定安史之乱为由，吐蕃和回纥恃功自傲，在唐境内烧杀抢掠，唐各级政府不敢约束。某一日，回纥贵族突董等人带几百峰骆驼的货物至灵武。

振武军首领张光晟闻听，故意让突董等人多留几日，同时请示唐德宗。张光晟故意让士卒轻慢突董等人。突董大怒，鞭打唐士卒。张光晟借机将之全部杀掉。解开货物一看，突董等人所运的都是从唐地抢掠的年轻妇女。粟特人大都来自汉唐时期西域的昭武九姓国，全民皆商，无人匹敌，是当时亚欧大陆上最成功的商人。

　　张贤亮是他那一代作家中最为卓尔不群的，他的《绿化树》《男人的一半是女人》等作品，我十多岁时候读过，至今记忆犹新。次日去他的影视城。张贤亮在其中复原了一个民国的银川，虽然只有一条街，置身其中，真的有穿越之感。其他景点也有充满边地与冷兵器时代特色。穿行其中，真是时空交错。

　　返回时，银川诗人和诗评家小田送我到河东机场，还给我带了一大箱子红煞人的枸杞。

　　飞机升空，从舷窗俯瞰，如带的黄河，犹如大雁与鹰隼、男性独舞者的宁夏，逐渐小了，也逐渐深了。想起前些年的穿行和这一次的"身体力行"，感觉丰饶而又咸涩，还有些迷离和不可言说。表达永无止境，尤其是一方地域的地理人文和个人感受，文字有时候也显得单薄。唯有前往，唯有体验，唯有用心，也唯有"此时我在"与"大地永恒"。我拿出纸笔，再次以诗歌的形式，写下对银川抑或整个宁夏的一些似是而非、欲言又止的感觉与认知。

　　像一只鹰，一只大雁

　　一个独舞的男人。整个宁夏恰如其名

　　黄沙作为外衣，大河穿心洗骨

在银川我总是潮湿的

一百颗红枸杞

羊肉的多种做法

就好像，一个人一个脾性

一个人一种看我的

深黑和幽蓝。可惜我只是稍待几天

在沙湖看到贺兰山，于西夏王陵感觉时间洞穿

亲爱的朋友总是美好，亲爱的大街上

尘土之中的水腥味。楼下的商铺被柳枝挤满

夜里我呼吸干净

不做梦，可总觉得有些往事

在窗外翻跹。有些刀尖入水的贴切

有些风专抚额头。当我睡下，醒来的银川日光爆满

身体内总有一种味道

灵魂站在草尖上。也总有那么样的一个人

笑或者不笑，就那么随意地发出一声呼喊

凉州梦

1

很多时候，偶然去到一些陌生地方，明明我从未去过，但却觉得那里的一切都异常熟悉，像亲眼见到亲身体验过一样。这种说不清的感觉，多年来一直在我潜意识里闪现。有一次到武威——旧时五凉王朝都城，不管是段业还是沮渠蒙逊，乃至后来的地方政要还是名将商贾，在时间中，他们都不见了。现在的武威，横在内蒙古和青藏高原的交会处，一边祁连山脉巍峨幽深，一边腾格里沙漠黄沙汹涌。她的子民或许是早年的土著，历朝历代戍边与流放者的后代、迁徙的混血人，或是初来乍到的谋生者，也可能是不断轮换的地方行政官长乃至无意识进入并定居的流民商贩。

和朋友们去天梯山，忽然觉得，这地方我似乎也来过，甚至还在那座临水的大佛下蜷缩过一晚。再去距离不远的山丹焉支山，也似乎觉得，在那无际的山地草原上，一定留有我个人的某些痕迹。与天梯山不同的是，焉支山看起来更像是我的一个长期居住地或者成长的地方。站在鄂博岭上，尽管耳际风声如雷，浩浩荡荡，但我仍然隐约听到了一种悠长的钟声。

同行的诗人说："那应当是山丹大佛寺的钟声。"

我说："应当是武威大云寺的钟声。"

是的，是武威——凉州大云寺的钟声。因为，只有大云寺的钟声，才能逆风传送且攀援到焉支山上。武威作家李学辉和诗人谢荣胜告诉我：大云寺的那口铜钟已经有上千年历史了。当年，铸钟时怎么也合不拢。铸钟的师傅说："钟是在等人呢，没有人的骨肉精气，即使铸好了，也不会发出洪钟声。"

不满十六岁的徒弟懵懂地说："师傅，那该咋办？"师傅说："这个你不用操心。今天午夜时候，你准时起来，不管我在不在，你一定要把沸开的铜水倒进模子里！"

徒弟懵懂了一下，点了点头。

午夜时分的凉州西郊天气酷冷，如岑参诗中所说"风头如刀面如割"，唯有祁连山高处的积雪如同月亮一样照耀着空旷的河西走廊。徒弟怕耽误事，始终不敢合眼，困了用芨芨草秆刺扎一下胳膊，吃一口冻成冰碴子的白兰瓜，当然还有人参果。

熬到午夜，风很大，灌满胸腔。走到高炉边，徒弟一看，里面的铜水如扭曲的火龙一样盘旋沸腾。徒弟依照师傅交代，摇动杠杆，将铜水倾倒进模子里。

第二天一大早，太阳照遍凉州城。徒弟到高炉边探身一看，一口大钟已经成型，心里高兴，一蹦三跳地奔到师傅房门前，大喊："师傅，钟铸好了！"

可喊了好一阵子，师傅的房门还是一动不动，里面也没有任何声音。徒弟惊异，一边喊师傅，一边推开房门。已经明亮的黄土房里除了浓重的土腥气和火炉残留的温度，师傅连同妻女都不见了踪影。

许多天后，那口钟已经挂在了大云寺的钟楼上，清晨，由一名值日僧撞响。钟声传得特别远，且清脆异常，余韵悠长，响声瓮里瓮气并略微沉闷。就连距离凉州城三十里天梯山的僧众也听到了，当然还有百余公里外的焉支山。

又一个月过去了，师傅一家，当然包括师娘和他们十三岁的女儿，还是了无踪影。

有人说："师傅带着婆娘孩子回长安老家去了。"

"师傅怕铸不好钟，又收了大云寺静岩禅师的工钱，携家带口并钱财一跑了之。"

徒弟觉得师傅不是那样的人，铸不好钟可以把钱退还，用不着抛了业产连夜遁逃。再后来，徒弟黎明醒来，忽然从钟声中听出了三种声音：一种像师傅干活时的嘶喊，沉闷而有力；一种是妇女喊叫孩子的声音，清脆而急切；一种是小女孩喊爹娘的声音，稚嫩且有些尖锐。

徒弟继承了师傅的业产，继续在凉州城西郊铸钟。

再多年后，我来到武威——凉州现在的名字——游览了许多地方后，在焉支山，忽然觉得，这一带自己似乎很熟稔，一景一物都似乎有着切身的关系。那一次，我坐在焉支山温软的草尖上，看着好像就挂在眉毛上的湛蓝天空，忽然想到：多年之前，我一定与焉支山乃至凉州有着深刻的渊源，可能是肉身的也可能是精神的，也或许，只是一些似是而非的情景遭遇。

2

躺在凉州宾馆 8608 房间，忽然发现窗台上放着两只红色陶罐。开始以为是饰品，没有在意。再一细看，发现两只陶罐上都有图案。抓起看，靠左边的那只上面绘着一幅裸女像，腰身丰腴，乳房微微下坠。她双手向上，头顶顶着一只葡萄盘子。盘子里的葡萄浑圆晶亮，有一些还挂在盘子外面。再仔细看那女子的眼睛，清亮有神，似乎活着一样。我一惊，再凝神细看，那女子脸上好像荡起笑容，眼睛也移转过来。

阳光从窗玻璃上照进来，把房间映得一半明亮一半幽暗。在这样一种气氛中，我觉得浑身发冷，有一种大冬天被凉水浸透了的感觉。

打开房门，服务生正在打扫隔壁房间，有一个腰身丰腴的女子，站在门口把我上下端详了一下。

我说："你好，有个事情问问好吗？"

那女子又将身子探出说："先生，怎么了？"

"窗台上的罐子是你们宾馆的饰品吗？"

她哦了一声，走过来，看了看窗台摆着的两只陶罐，眼睛转了几圈，说："先生，这不是您的吗？"

这回答更令我惊异，说是也不好，说不是她肯定会拿到总台放起来，当物品主人来找时再还给人家。从心里说，我想那两只陶罐就放在那里，或者我走的时候带走。正在犹豫间，那服务员说："先生，先放在这里吧，说不定一会就有客人来找。"

我说："这样也好。"

关上房门，我拿起另外一只陶罐。那上面刻绘的竟然是李学辉和谢荣胜给我讲的那个故事。画面上，是一个男子纵身跳下铜水炉，头朝下，快要进入铜水了。高炉上，还有一个挽云鬟的妇女牵着一个十来岁的女孩，头顶星星密布。

我想，这事情怎么会如此凑巧？刚刚听过的故事，就在房间里应验了。而更为蹊跷的是，这两只陶罐唯有我房间有，不是宾馆统一放置的饰品。

怔在原地，脑子里一片混乱，同时又觉得迷茫。

世界上会有如此蹊跷的事情吗？可它就是发生了，而且异常真实。我坐在房间，思维茫然无序，感到这一切都像是一种无意的安排，但又充满了预示性和引申的空间。我想我与凉州—焉支山—天梯山一定有着一种说不清但在心里异常深切的联系。

很久以前，在南太行乡村，我读过私塾的祖父常对我说："你上一辈子肯定是一个外族人，要不就是一个浪荡的拿刀人。"对祖父这一说法，我长时间信以为真，还叫父亲给我做了一把木刀和一张弓。我常一个人在院子里，骑着长条凳子，像骑士或者战场上的兵卒一样挥舞木刀，呼喝之声惊飞了梧桐树上的乌鸦还有喜鹊。有时候骑着扫帚在村里的小道上奔跑，把自己想象成一个奔驰杀敌的勇士。扫帚卷起干土，狼烟阵阵，到最后，自己也灰头土脸，回家后招来母亲一顿喝骂。

还有些晚上，躺在土炕上，睁着眼睛看着黑黑的屋梁，脑子里却是一片金戈铁马；或是在百万军中横冲直撞，所向披靡；或是一个人骑着战马，在荒无一人的土路上奔驰。

每个人心中都有一粒蓬勃的种子，也都会滋生一些怪异甚至荒唐的苗木来。

很多次，我想到自己站在一座钟楼上，四面大风如箭吹袭，楼下连绵的黄土房子，房顶、门楣上挂着黄玉米和红辣椒。烟囱的炊烟就像一条条青蛇，从房顶冒出来，在空中扭着身子向上攀缘。还恍惚看到自己走在青草披拂的山地草原上，山岗一座连着一座，就像一个个硕大而光洁的乳房。成群的马在远近的山坡吃草，或者用骨蹄敲打着寂静的泥土和卵石，远远听起来，如同地下滚动的雷声。

祖父还说："你这个人，一辈子都可能像一匹马，而且是驿站的马，一生没有消停的时候。要是在老辈子（意指民国或清朝以前）那会儿，也肯定是一个不安生的人，不是在道上混的，就是哪座山上的土匪。"

我当时很沮丧。我想我是遵循了官本位传统的，如孔夫子之"学而优则仕"或者"学成文武艺，货与帝王家"。后来上学，读金庸和梁羽生的武侠小说，看到这个人背叛了师门，到朝廷当了官儿，还自己问自己说："要是我，会不会成为叛徒呢？在流浪江湖、朝不保夕、处处凶险与地位尊崇、极尽奢华之间，我到底会选择哪一个呢？"

在义和不义、浮华与安贫间，我也是时常游走的那一个。

3

那几天，我一直在凉州厮混，像一个浪子或者游走天下的刀客。李学辉和谢荣胜带我去看西夏碑，看雷台汉墓、白塔寺、海藏寺和大云寺，还去天梯山上临水的大佛。大水泱泱，天空幽蓝。站在状似乌龟的山顶上，向南是冠盖素洁，在匈奴语中称之为"天"的祁连山，莽苍苍的山川沟壑上，炊烟如雾，成片的羊群就像是一片片洁白的石头；向北，则一马平川，越过凉州城，就是浩瀚的巴丹吉林沙漠；向东的乌鞘岭蜿蜒曲折，状似一把沉睡的长剑，唯有神灵方能俯首捡拾；向西，则显得空空荡荡，只有破旧的明朝长城在光山与旧河道里蜿蜒。

天梯山旁边有村落，诗人也同时擅唱民歌的赵旭峰就住在那里。我去，他爱人炖了土鸡，炒了鹿角菜，我们几个在他家里喝得欢畅不已。赵旭峰唱的凉州小曲至今在我脑海里回响。到最后，我热泪盈眶，吼叫说："赵旭峰，你唱一首民歌，我就喝十杯酒！"

他唱，我喝。我醉了，死赖着不走，嚷着要听赵旭峰的民歌，就是没命了也要听！

然后是沉沉的无意识，凉州，乃至我在这个尘世的一切都消失了，空无一物，没有思维和知觉，一切安静，包括内心的天使和魔鬼。我在凉州，只剩下了一具躯壳，而且还是飘浮的。在旧朝往事和个人的幻觉当中，我似乎看到了更多的自己，乃至更多的人。这个时代与过往的一切都不同。但人的身体、思维、欲望、梦想、习俗、文化胎记丝毫未变。

再后来，我恍然就是那位铸钟师傅的徒弟——那一晚，遵照师傅叮嘱，午夜出门，往日安静的凉州城西郊忽然气氛诡异。往日间黝黑的炭堆上似乎有光，与天空的星星一般无二，点点粒粒耀人眼睛。

堆放在炭堆一边的木柴，有一些朽烂了，风一吹，有些火光。我知道，那是磷火。那里曾经是一个万人坑。明朝征虏将军冯胜带兵西进时，在这里遭到了一群凉州土著居民的集体反抗。冯胜起初不想杀人，奏报朱元璋。朱元璋说："凡不心向大明者，杀无赦，诛九族！"冯胜仅用了一千名兵士，就将拼死不降明朝的万余人砍杀完毕，又令其他兵卒挖了几个大坑，将死者尸首丢进埋掉。

关于这一段历史，《明史·冯胜传》未作记载。可这并不等于乌有，其他地域的人不知道，作为凉州土著的我是很清楚的，自从记事起，祖父就对我讲诸如此类的故事。

我出门，踩着松软的黄土，从院子里走到高炉边。火炭还烧得很旺。那些炭出自焉支山，鄂博岭一带有好几处这样的露天煤矿，开始由几个富户掌管，嘉靖十三年，山丹县丞梁文轩到任，着令手下衙役将之收为官有。那里的炭很好烧，仅用茅草就可以点燃，而且火力很大。河西一带的铁匠、铸钟师及兵器营都使用焉支山的炭。

高炉边甚是温暖，稍一靠近，脸颊上的皮就像是透明的了，烤得身上油脂尽出。沿着土梯子上到高炉，我想师傅一定会来的。可等了一刻钟，四周安静，远处师傅住的房子还是一片漆黑。

而铜水沸腾不已，正是要倒进模子的时候。我犹豫了一下，又看了看师傅的房门，还是漆黑一片。

我咬了咬嘴唇，撬动杠杆，将铜水徐徐倾入。

铜钟铸好了，大云寺住持静岩禅师派人来运走，并且挂在鼓楼上被值日僧撞响。

此时，人们还在猜测我师傅一家失踪的种种可能，而我已经失去了兴趣。有一天早上，我还在酣睡，忽然听到了传自大云寺的钟响，我一个激灵，脑内轰然一声，如遭天启，心里一下子啥都明白了。

此后，每隔一两个月，我都要去一次大云寺，不烧香，也不拜佛，只是请求静岩禅师让我登上钟楼，在那口钟下磕几个响头，烧些黄裱纸，以示对师傅的感恩与怀念。有一年清明节，我祭奠了师傅一家，下楼，正要出门，忽见一个小沙弥上前说："赵施主，师傅请您到禅堂少坐。"

我哦了一声，跟着小沙弥穿过碑林，走进静岩禅师的禅堂。

抬脚进门，屋里一片安详的阴凉。须发皆白的静岩禅师正坐在蒲团上打坐，见我进来，才睁开眼睛。起身施礼后，请我坐在另一侧的黄色蒲团上。小沙弥端来一碗茶，我合掌致谢。静岩禅师示意小沙弥退下。

静岩禅师用白眉毛下的一双眼睛闪电一样看着我说："赵施主，你对刘师傅一家感恩之深，老僧甚感宽慰。"我心里一惊，猜想静岩禅师一定知道其中内情，合十回答说："大师过奖，我一个粗鲁之人，师傅无故不见，留下业产，德能浅薄，惶恐守业而已。只是觉得这钟是师傅生前铸造的最后一口。恩师无迹，徒弟不过是借祭钟怀念师傅授业恩德罢了。"

4

静岩禅师伸出手指，捋了一下胸前的白须，眼睛迥深地看着我说："赵施主，可否听老衲说一件往事？"

我点点头。

静岩禅师喝了一口茶，叹息一声，将目光转向长有数棵柏树的院子里，开口说："你师傅刘蒙原是十六国时期匈奴汉光文帝刘渊后人。当年，汉朝败亡后，归顺多年的匈奴族人便以刘姓后裔为幌子，召集边疆部族，妄图建立以匈奴族为主体的大帝国。可惜，这些匈奴后裔虽经汉化，识礼仪、懂汉书，但终究狼性难改，为小利而内讧，为一时之得失而错失数次成王为朝的机会。沦落到最后，可怜绝世之枭雄，也只能在烟尘中消匿踪影。

你师傅一脉后流落于陕西秦岭一带。至明初，其祖父饱读诗书，若在朝堂，定如出身祁连的沮渠蒙逊一般，多辩才且勇谋兼具。冯胜兵至蓝田，见其祖父深通诗书礼仪，且对河西乃至西域之形势如数家珍，便征募军中，充当幕僚。至凉州，冯胜杀万人，其祖极力阻止，奈何人轻言微，无法更改。沮丧悲痛之余，哀求冯胜，愿一生留守于此。此后，教育其子，不再从文，花尽余财，请一个原来的铸铜师，教带其子。临终嘱说，他死后，倘若大云寺来铸钟，你要舍身其中，连同妻女。若果大云寺不来提及铸钟事，则是刘家万幸。"

我睁大眼睛。从这一番话中，我觉得，这是一个离奇的故事，充满了各种纠葛。师傅一家，不仅与那个万人坑有关系，与大云寺也有某种关联。讲到这里，静岩禅师也闭目坐定，好像我不存在 一样。

我说："大师，我师傅一家又与大云寺有何关联?"

静岩禅师似乎没听到，脸色肃然。我叫了几声大师，静岩禅师还是不吭声。我心里一阵慌张，起身慢慢走到静岩禅师身边，又喊了一声大师。静岩还是一动不动。我将手指放在静岩禅师鼻下，刚才还好端端的静岩禅师，顷刻间没有呼吸。

静岩禅师为什么在此刻坐化了呢?

我大喊，大师坐化了！门外的小沙弥一把推开木门，冲进来，也像我一样试探了静岩禅师的鼻息，然后跪下，咕咕哝哝地诵起了经。然后又起身，快步出门，不一会儿，寺内僧人都来了，跪在静岩禅师的禅堂前，集体诵经。

我一时不知道该怎么办。走也不是，不走也不是。

我觉得还是离开，抬腿走过众多僧众的时候，我全身发软，恐怕那些僧人会说我将静岩禅师谋杀了——我纵有天大的胆子，也不敢杀一个佛者。

那些僧众好像当我不存在似的。我走过，他们还在诵经。我走出寺门，心才真的落在原处。走在空旷的沙土路上，我忽然觉得自己有点卑鄙。大师坐化，我是唯一的在场者，怎么不对他们的徒弟们说一声就走了呢？还有，师傅一家究竟与大云寺有什么瓜葛？大云寺的铜钟为什么要以人的骨肉精气相辅呢？

我停下脚步，扭过头，朝来路走去。到大云寺门口，下意识地仰头看了看鼓楼上那口铜钟——铜钟依旧，一动不动。我喃喃说：师傅，这究竟是怎么回事？我该怎么做呢？正要叩响门环，忽然听到一声钟响。急忙撤步回来，抬头上看，发现钟身在轻微晃动。我确信，刚才我听到的就是那口钟发出的声音。

那声钟响使我内心静谧，有一种空然无物的澄明感。敲开寺门，还是那位小沙弥。他看了看我，说："赵施主请随我来。"我一进门，诵经声扑面而来，而且越来越大，越来越清晰，令人身心肃静，宛若虚空。

随着小沙弥，绕过主殿，到后院，小沙弥打开一道门，站在一边示意我进去。我犹豫了一下，侧脸看了看小沙弥。小沙弥还是一脸沉静，丝毫看不出诡异。我走进去，进入门洞后，开始很黑。小沙弥打着火折子，点亮火把，在前面引路。空荡荡的壁道里只有我和小沙弥轻微的脚步声，燃烧的松油使得壁道里充满了芳香。走了大约半炷香的工夫，小沙弥在一个拐角停下，伸手推了一下墙壁，一道强光猛然刺入。

5

当我睁开眼睛，为眼前的景象惊呆了。

门外是一大片草场，碧绿的草密密艾艾，足可没人膝盖。其中还盛开着一些美丽的花朵，形体很小，有黄的，也有红的。我知道，黄的叫金露梅，红的叫红露梅。花朵上，飞着一群洁白的蝴蝶。我惊呼一声，回身再看，与我同来的小沙弥竟然不见了。我正不知所措，忽然传来一声马嘶，一匹洁白的马从一侧的山岗上奔驰而来。奔到近前，我发现，那马戴着缰绳，还放置了马鞍。我下意识地抬头四处眺望，茫茫草地上，除了我之外，再没有一个人。那马到我面前停住脚步，低头，用前蹄刨着泥土。

我不知道该不该骑上去。

但是我知道，这是焉支山的马。也知道，自从西汉以来，都是属于皇家的。明朝也不例外，他们在那里接管了元朝的兵马营，派驻了不少于一万名军众。还有一些牧马人，大都是当地的养马高手和兽医。

我再回头，却发现，我刚才走出的地方什么都没有，就是一片碧绿的草原。我不知道自己该怎么办。正在愣怔，那马竟然走近我，在我胳膊上嗅了一会儿，然后举起脑袋仰天长啸一声。我惊怕地看了看它。它复又低下头来，把戴着马镫的腰横在我面前。

这种暗示，我再愚钝也该明白。

抓住马鞍，登上马镫，一个飞身，就上了马背。那马咴咴嘶鸣一声，撒开四蹄，像箭矢一样向着逐渐隆起的高坡奔腾而去。我听到风的锐啸，那风像潮水，一波一波，连续不断，在我耳际犹如不歇的雷霆。越过一座山岗，再一座山岗。开始我很害怕，怕那马在飞驰中把我甩下来，那样的话，我刚刚二十岁的身体肯定会被摔碎。

可那马跑得异常稳健，遇到沟壑，会主动放慢，腾跃时，也甚是稳当。到了平展的地处，它则如风如电。慢慢地，我体验到了一种骑马奔驰的快感，胸中豪气丛生。我也才明白，为什么英雄和骑士总是和马十分亲近。在马上，脚下乃至四周的事物都是快速向后退却的，再高的山坡也没有人高。我还想：跨马征战乃至舍身疆场，都是一种壮美。一个人一生能做些什么呢？一个男人一生能达到什么样的高度？唯有在马上，像宋代的范仲淹和辛弃疾，既可纸上飞龙，又可沙场点兵，这样的男人，这种英雄，才是世上最完美的男人。

马在驰骋，我在胡思乱想。

也不知过了多久，落日将原本翠绿的草地染成血色的时候，我看到了更多的山岗，一座座，都不太高，但排列整齐，一波一波，连绵成一片阔大的疆场。天色完全黑下来的时候，山岗乃至草原只剩下黑色的轮廓。天空星辰密布，星星如同众多的金色眼镜，看着人间发出无声的笑。奔到一处有光的山坳，那马放缓脚步，鼻孔里的粗气很是响亮。我看到，那是一座孤零零的院落，朝南一座房屋，朝北还有一座。马停下来，我下马。

院子里空无一人，只是放着一些已经干枯了的茅草和柴禾，房屋不远处，依稀有一座羊圈，羊只们咩咩的叫声在深夜显得格外温柔。我大声喊："有人吗？"无人应答。我再大声喊，朝南的那座房屋的门吱呀一声开了，一个十四五岁的女孩子站在门前，屋内的灯光把她的影子照得婀娜异常。

"你是赵如铁吧？"

我愣了一下，顺口问："你怎么知道我叫赵如铁？"

那女孩笑了一下说："先别问了，进屋吧。"我喏了一声，跟在她身后，抬脚进到房间里。屋里灯光不是很亮，松油灯在墙壁上挂着，火苗一跳一跳，照得人眼睛模糊。走到房间中央，我发现对面的土炕上坐着两个人，一个年岁稍大的男人，一个梳着云鬓的中年妇女。

再走近一看，我大吃一惊，脱口喊道："师傅！师娘！"

然后双膝着地，跪在他们面前。这时候，只听得一声大笑，在我耳边响起。

师傅说："如铁，快起来！"师娘也说："好孩子，可把你盼来了。"

我一脸迷惑，看看师傅，再看看师娘，又看看站在一边窃笑的，一定就是师妹，睁大眼睛说："师傅，这……这是咋回事？"师傅拉我坐下，扭头对师妹说："快给你赵师哥盛饭去。"小师妹嗯了一声，扭头朝门外走去。师傅把我拉在自己跟前，就着松油灯光，看着我说："才四年不见，就长成大小伙子了！"我仍旧想问。师傅看出来，挥挥手，示意我不要说话。

师娘说："孩子，先吃饭，师傅一会儿再说给你。"

6

夜晚真是静谧，要是没有风，除了自己的呼吸，一切都是安静的。

师傅说："你来了就好了。"师娘也跟着嗯了一声。我看了师傅，再看看师娘，不知道他们葫芦里卖的什么药。

师傅又说："如铁，你还记得当年我让你午夜倒铜水的事儿不？"

"当然记得了。"

"你是个听话的孩子。这件事，本来我想托付给你的大师哥张铁柱的，可反复想，还是觉得你最可靠。"

师娘接过话茬说："如铁确实是一个守时，还有感恩心的好孩子。在这个年月，这样的人十个里面也没一个。"

师傅接着说："午夜倒铜水入模子，是有说法的。我师傅，也就是你师爷当年说，凉州这地方夜里冷白昼热，特别是冬天，午夜正是天地时令交会更替之时，铜本是纳寒气又有灵性的器物，沸开后，形状若水，只有在天地最冷硬时刻，将铜水倒入模子后，才能更快地充斥满当，并迅速凝结成块，粘结力也最好。"

我一直在听，但关于这些技艺或者火候，师傅以前给我讲过几次。

可是他还要说，我只能使劲点头，嘴巴嗯嗯应着。

"如铁，师傅知道你心里想的啥，最想知道啥。可是，有些话说早了也不好，说迟了也不好，得等到那个恰当时候，才能说出来。你奔了这么大半天，一定累了，早歇着。以后呢，在一起的时间还多着呢。慢慢地，啥你都知道了。"

我喏了一声，起身，向师傅师娘施礼，退出房门。

在门外的师妹说："赵师哥，我早就给你准备好了房间，可到这时候你才出现。我还以为……"说到这里，师妹突然停口，看了我一眼，又说："赵师哥，早点歇着吧。"

我还想说点什么，可师妹已转身向师傅、师母住的房屋侧房走去。看着她的背影，蓦然发现，几年不见，以前总是抹鼻涕、卷着头发的师妹竟然出脱成一个大姑娘了，走起路来袅袅婷婷，如湖面的天鹅一般。

后半夜，起风了，很大，像是野兽的咆哮，一声接着一声。躺在充满草腥的房间，睁着眼睛看着屋顶，心里想：自从师傅一家失踪之后，开头几年，一切如旧，大师哥回甘州另寻出路，把师傅的业产留给我，幸好有年岁比我大，但拜师比我晚一年的师弟。他是个有残疾的人，小时候在凉州城街上混日月，一次与人打架，被砍掉了一只胳膊，此后彻底改变了性情，与我感情甚笃。要不是他，我一个人绝难支撑起铸钟这一需要众多人手的业产。

可从拜谒静岩禅师后，一切都变了，而且非常快，一天似乎穿越了无数的年代，现在想起来，真恍然若梦。师傅一家无故失踪，我竟然在大云寺的钟声中听出了他们的魂魄之音，以为他们均已作古，不料想，事情又逆转得如此蹊跷。

那天我从大云寺的壁道出来，却是另外一种景象。到山上，却又遇到了师傅一家，且还活得好好的。这一切，任谁都不会相信是真的，但是，真的就在眼前，我自己根本无法摆脱。

我拧了一下自己的大腿，疼，是真疼。

我又想，师傅为什么不现在告诉我呢？师娘的那番话到底是什么意思？还有小师妹说的那段半截子话……越是想，脑子越乱，好像翻滚了无数草绳。

翻了个身，看着窗外，听到草芥被风拖曳的嗦嗦声，还有时断时续的流水声，以及羊只们轻咩与狼嚎。

这是真的吗？我又忍不住问自己。

蒙眬间，我又睡着了，而且睡得特别沉实。醒来，屋里一片光亮，也觉得热了。起床开门，看到一个窈窕的背影，穿着一件白色的裙子，挥着芨芨草编织的扫帚清扫院子。我走过去，站在她身后，轻声说："我来吧！"她倏然一惊，迅速回头看了我一眼。那一刻我才发现师妹的美，她的脸颊就像是一瓣硕大梨花，匀称、精巧且恰到好处地形成一张姣好的少女脸庞。我看着，浑然忘了她已经递过来的扫帚把儿。直到她啊了一声，快步跑回自己房间的时候，我才如梦初醒，觉得自己的脸像是高炉内沸开的铜水，烧得骨头都疼。

7

师傅没在房内，只有师娘在忙活着做饭，见我进来，师娘笑笑说："如铁，在这儿还习惯吧？"我忙说："师娘，都挺好的。"

中午时候，有几个人骑着马从凉州城方向过来。到师娘屋里，待了一会儿就又骑着马走了。我在院子里看着，感觉蹊跷。从那几个人的装束看，既不像一般的商贩，又不像放牧的人；从神态上看，似乎有点军人的味道，上马下马、行路姿势，雄赳赳地，武夫气十足且惹人注目。

饭后，一个人扛着什么东西从山坡上下来。我正在看，师妹从自己房间里出来，看着那个朝师傅家走来的人说："贺迈来了。"我看了看师妹，脸又红了。师妹却一如往常，站在我身边说："贺迈可是一个用刀的好手，你想不想拜他为师？"我哦了一声说："学武技干什么？我是铸钟的。师傅……"

师妹笑了一下，看着我说："你这副铁一样的身板，不学武技就浪费了。"

那个叫贺迈的人走近了，肩上扛的是一只绵羊，绵羊的口鼻上有血。

走到院子中间，贺迈把羊放下来，站直身子说："摔死了。还是在老鹰岩。"

师妹说："可惜了，贺伯伯又损失了。"贺迈呵呵笑了一声说："这不叫损失，这是天意，羊死了才好吃肉嘛！"

说到这里，贺迈看了看我，收起笑容，对小师妹说："这就是你常说的赵如铁？"师妹嗯了一声，对我喊道："赵师哥，快来拜见你师傅啊!"我怔了一下,心想,怎么又凭空冒出个师傅来?

我蓦然意识到:这一切都是事先安排好的。也觉得,自己正在掉进某种预设的圈套或者说阴谋当中——想到这里,我自己把自己吓了一跳。

走到贺迈面前,我躬身施礼说:"贺师傅。"

头还没有抬起来,就听贺迈一阵大笑,然后是两只手掌搭在我肩上,又从我肩上下滑到我的腰际——贺迈这种做法,让我想起凉州城内买羊估价的人,要买羊前,总是要用手在羊身上掐摸一遍,然后再与贩主讨价还价。

贺迈似乎看透了我的心思,又笑了一声,转身进了师傅师娘的屋里。

我和师妹站在院子里。因为早上的那一瞬间,我的心脏还在嘣嘣跳,觉得身上没有一点力气。我支吾了一下,正要开口。忽听师妹语言婉转地说:"师哥似乎满腹心事?"我又是一阵慌乱。师妹又说:"你这个人还是那样,木讷得好像锤头,没有一点空的地方。"我咧开嘴巴傻笑。

师妹看了看我,慢步走到院子边。

院子边下面是溪流,从山顶或者半腰上流下的水很小,白天几乎听不到声音。但涓涓细流也线条明亮，在草坡上，好像是一条白色的缯带。阳光照在水上，泛着金子一样的碎光。师妹闭口不语，脸庞向着草地连绵的南方，神情有些严肃，眺望了一会儿，转头看着我说："赵师哥，人的一生被强迫的居多，随心而为的却少。你说是不?"

躲开师妹目光，我说："师妹这话说得玄奥。像我这样一个一文不名的草民，虽已经活了二十年，从开始就把一切安排好了。爹娘送我跟师傅学铸造，从来都没有过自己的想法，只是循规蹈矩，听话而行。从没想过自己这一生会有什么奇迹发生，但现在，不过两天之内，却有这么多的变化，心神恍惚，不知所以。"

我说的时候，师妹的一双俏眼一直在盯着我看，我脸上复又火烧，心神紧张起来。

师妹说："赵师哥，不仅是你，我也是恍然的。经历的一切都像是一场梦，说它不确切但又就在眼前；说它是真的，可是总觉得恍惚。"

正说到这里，背后有人喊说："如铁，师娘叫你来一下。"

我转身向师傅屋里跑去。师娘坐在炕沿上，云鬟整齐，脸色严肃，但仍旧有着一种怜爱与慈祥。见我进来，师娘起身，将一把凳子拉来，示意我坐下。我恭敬地坐下，睁着一双狐疑而又虔诚的眼睛看着年过半百仍很雍容的师娘。

师娘说："如铁，昨夜你师傅交代我说，贺迈来后，让你随他去十道沟。贺迈行伍出身，有着一身的本事，你随他三五年，定可学得一身武技。"

我想也没想，大声说："师娘，我跟着师傅学铸钟，现在又为何让徒儿学武技？"

师娘叹了一口气，站起身来，走到窗边，背对着我说："铸钟是手艺，谋生而已；武技既可强身又可励志，更重要的是保护自己，若遭逢变乱，不仅可以保家眷安全，但有时机，也可一展男儿凌云之志，成就一番事业。"

我也站起身来，正要开口。师娘却转过身来，眼睛盯着我说："你是你师傅最喜欢的徒弟，他之所以如此安排，费尽周折，把你带到这里来，就是不忍你庸庸碌碌下去。身为男儿，最重要的是要有雄心大志，有笑傲人生的梦想。"

师娘这么一说，我早就凝结在舌尖上的疑问和理由一下子消弭无踪。是的，哪个男人愿意碌碌一生，无所作为呢？又有哪个男人不想策马人生，在苍茫人世建立功勋呢？

8

贺迈所在的十道沟，距离师傅所在的地方起码有三十里路程。

开始是草地，走起来不是太费力，再后来有些斜坡和沟壑。贺迈如履平地，不一会儿，就把我甩出了好远。我走得气喘吁吁，看着贺迈的背影，心里想：有武技在身就是与众不同。贺迈走远了，就站在原地等我跟上。

贺迈说："现在觉得如何？想不想跟我学武技？"我浑身淌汗，气喘着答："想是想，可武技对于我这样一个学铸钟的平头百姓来说，还是没啥大用场。"

贺迈呵呵笑了一声，停下脚步，说："小子，难道你没听说过'艺多不压身'这句话吗？"

十道沟俨然与世隔绝。起初，我还以为是一个村落或者镇子，可没想到，十道沟就是一道沟，两面石壁，前后是风口，一道不大不小的河流从中穿过。贺迈也是单身，住在斜坡上一座木头搭建的房屋里。我去之后，他和我一起上山砍了一些木材，在另一边搭建了一座房屋。跟着他学武技，开始主要做体力活，如提水、骑马、爬山等。后来，让我攀岩，而且只准晚上攀爬。再后来，才开始教我一些技击之术，先是空手。再后来，他让我选择自己称心的兵器——刀枪剑戟斧钺钩叉之类的。我看了看，还是选择了刀。

贺迈看了，点点头，说："这么几年来，跟着我学武技，在极度偏僻之地，你内心的东西被逼出来了。刀是凌厉与决绝之兵器，也包含了戾气和杀气，这与你从前的性格截然不同。"

我也渐渐明白，所谓的武技，其实最根本的就是耐力，还有身体的协调性，以及在技击和格斗中的灵活发挥；所谓的刀法，也是熟能生巧，其本身招数极其简单，而所谓的高下优劣，就在于在熟练之后是否能随心所欲并在技击互搏当中实时变化并突发奇招。看了我的一些演示，贺迈笑了，说我虽然性情鲁笨，但做起事来，一旦专心，便会有很好的领悟和造化。

与贺迈在山中三年，日日空谷悬崖，风霜雨雪，觉得自己不再是尘世中人了，外面的一切都随之遥远，就连小师妹在我心中刻下的美丽印象，也如同峭壁上的石纹一般寂然了。我的嘴唇上长出了细细的胡须，头发长过了后腰。我浑然忘却了今昔何年，外面的世界又是如何，只是偶尔会想起前些年间的蹊跷际遇，也曾问过贺迈。而贺迈竟然也和师傅师娘一样，闭口不答或者岔开话题。渐渐地，我觉得这些都不重要了，人在世上，轻忽倥偬或凝练沉重，很多事情乃至遭际原本就无法解释，也无须解释，有时候根本不需要任何的理由和借口。

有一天傍晚，贺迈说，他要趁夜下山一趟，要我在这里等他。

我奇怪。三年多以来，贺迈和我一样，从没离开过十道沟。现在突然要下山，我忍不住问："师傅，有什么要紧事要您趁夜下山呢？"

贺迈喝了一口水，在昏暗的灯光中看着我说："不要问了，你很快就会明白了。"

我说："我和您一起去！"

贺迈笑着说："不要急，你下山的日子也该不远了！"说完，就摘了墙上的短刀，大踏步地向沟底走去，不一会儿，就消失在祁连山茫茫夜幕中。

躺在空谷中，漫山遍野都是狼嚎虎吼，还有棕熊在门外咆哮。就着从窗外倾斜进来的月光，我又一次想起在凉州西郊的铸钟生活，想起师傅一家的蹊跷失踪，还有那位满身悬疑的静岩禅师，失而复现的师傅一家，美丽的小师妹和突然出现的贺迈，乃至与世隔绝的山中生活。这一场场一幕幕，简直就像是梦境。未到这里之前，我想破脑袋也绝不会想到自己一生会有如此离奇的际遇。

　　枕着流水与松涛之声，还有猛兽的呼号，我睡着了。

　　睡梦中，我梦见了小师妹，手里拿着一簇山丹丹花，从一片白色草地上向我奔来，她咯咯笑着，声音清脆。她一袭白裙，云鬟上面插着一枚金光闪闪的簪子。我迎着她，喊她师妹。就要抱住她的时候，忽然有一个东西掉在我们中间，我低头一看，竟然是一只带血的狼头。我惊呼一声，一梦醒来，出了一身热汗。这时，月亮隐没了，山里一片寂静。我躺在木头房里，只觉得我就是一个世界，一切都空空荡荡。正要再次睡去的时候，忽然有一声微弱的呻吟，从窗缝传来。

　　我睡意全无，抬起脑袋，竖起耳朵，仔细听了一会儿，一点声音也没有。我笑笑，这可能是在山中待得太久了的缘故，常常会出现一些错觉。可就要躺好再睡时，又传来一声呻吟，比刚才的那声响亮。我急忙再抬起脑袋，竖起耳朵，平心静气听。

　　果不其然，又有一声微弱的呻吟传来。我翻身而起，拿了枕边短刀，打开房门，循着呻吟的方向，慢步挪去。一开始，黑夜还黑，一切都看不清。一会儿，眼睛就适应了黑暗。我看到，河谷那边的斜坡上，有一个细长之物在慢慢挪动。我侧耳一听，又听到了微弱的呻吟。我撒开双脚，奔过河谷。

9

　　果真是师妹，她胸口上被人刺了一剑。我到的时候，她已经昏迷过去。我将她抱回房里，点亮灯，为她清洗和包扎了伤口。又熬了大黄、茯苓和柴胡，还将平日里和贺迈一起采挖的党参清洗了一些，放在温水里泡。等师妹醒来，再熬给她喝。坐在床头，看着师妹因失血过多而苍白的脸，说不出的一种疼在心脏蔓延。师妹怎么会遭此厄难呢？一个美丽的女子，她的最好归宿就是嫁给一个好男人，过一种衣食无忧、处处有人疼爱的生活，而不是要像好斗的男人一样刀口舔血，动荡流离，蒙受这世上原本莫须有的苦难。

　　天亮时候，我到门外看了看，十道沟一如往常的平静。再看师妹的时候，我发现，这个三年前的小姑娘已经长大了，不像以前那么苗条了，身体丰腴，胸部突起，俨然一个成熟的大姑娘了。看着毫无知觉的师妹，我忽然有一种不可遏止的冲动，想俯身抚摸一下她的脸，或许还会不由自主地抚摸她的其他地方。

　　这个想法充满电光石火，一下子从我的内心窜出，像一只猛兽。

我急忙奔出房间，使劲打了一下脑袋，自责说："你是一个卑鄙的人，一个毫无自制力和羞耻的男人，一个趁人之危的混蛋！"

有风吹过来，凉凉的，还带着积雪的气息，发胀的脑袋顿时清醒了些。回到房内，药罐下的文火还在燃烧，我又放了几根碎柴，掀开盖子，看水有点少，就又加了些。

快中午的时候，师妹醒了。我奔到床前，关切地看着她。

她失血的脸上露出一抹凄凉的笑意。

我把熬好的药液放在门外晾凉，端给她喝。师妹一小口一小口地抿。

扶她躺好，又给她熬了一些牦牛骨头汤。正在忙活，师妹轻声说："赵师哥，你是对的。"我觉得这话好像不是出自师妹之口。

师妹忽闪着一双好看的眼睛，满脸凄楚地说："赵师哥，我爹娘他们都没了！"

说完，嘤嘤地哭了起来。

我说："这怎么可能？"

师妹脸上滚落泪花，咬着嘴唇说："还有很多的叔叔伯伯，还有他们的孩子，都被官兵杀死了！"

说完，又失声痛哭。

我一时不知该怎么办，坐下来，拍了拍她的肩膀说："师妹，你不要太伤心了，到底怎么回事？"

师妹倚在被褥上，吃力地给我讲了这些天来发生的事情。

静岩禅师其实是沮渠蒙逊的后人，老家是临松泸水（即今肃南临松山）。公元460年，沮渠蒙逊的儿子沮渠安周被柔然大军所灭，其后人多遭屠戮，仅有沮渠若木一支幸免于难。匈奴全面匿迹后，沮渠也改姓为呼，一千二百多年来，家族人从没放弃过再度称王，恢复匈奴部落联盟的梦想。但时过千百年，匈奴后裔多数散落山西、河南和陕西一带，多半与汉民族融为一体，沮渠后人想要再举起匈奴大旗，可谓是难上加难。

静岩禅师年轻时也曾积极活动，遍寻匈奴后裔，但大多数匈奴后人习汉文礼仪已逾千余年，再加上与外族频繁联姻，已经找不到纯正的匈奴后裔了。静岩禅师备感绝望，削发为僧，成为凉州大云寺的住持。

而师傅一家，是刘渊后代，师傅为刘渊第二十一代嫡系长孙。我师爷临终前的那段遗言，实际意思是：有朝一日，静岩禅师来找他们铸钟，即愿为刘家助一臂之力的意思。借用大云寺后的壁道，将师傅一家三口转移至焉支山深处，而给其他人则造成失踪或跳入铜水为钟的假象。

师傅临行前，静岩禅师交给他一方玉玺，既是刘家祖传之物，又是招引匈奴后裔的唯一印信。有了他，静岩禅师以前招募的人便会纷纷附庸，为师傅所用。多年以来，师傅一家左右联络，各方寻找，再加上静岩禅师多年勾连的旧部，最终招募起了一只万余众的队伍。

他们商定在月圆之夜起事，先攻取凉州全城，然后以山丹县丞梁文轩为内应再夺取山丹，进而抢攻甘州、肃州，拿下这几座城池后，整个河西便又会成为当年称王立国的大本营，即使东向无路，难以成事，但只要凭踞乌鞘岭、祁连山及黄河天险，成一方霸业也不无可能。

可没想到，他们举事的消息却被官府得到，当众人到达约好的焉支山鄂博岭，即陷入了官兵早已设好的埋伏圈。一场激战下来，师傅所聚集的兵马全军覆没，一些被生擒，还有少数侥幸逃脱。

师妹还说，她亲眼看到自己的爹娘在乱军之中丧生。若不是贺迈及时赶到，拼死将她救出乱军，恐怕……

说到这里，我满心惊奇，觉得这太不可思议了。一个离散甚至消亡多年的王朝，却在这千余年来始终不灭再度崛起之心，于大明的河西之地上演了这么一出惨烈悲剧。师妹还告诉我，当年，我从大云寺壁道里出来后，所看到的景象不过是一种障眼法，是用祁连山里月牙草加麝骨、鹿粉等制成的致幻剂，静岩禅师请我去他禅房稍坐时，小沙弥给我的茶水里，放了这种药物。

10

十道沟虽很隐蔽，但还是被誓要斩草除根的官兵发现了。明朝的皇帝再昏庸，可在威胁他们朱家江山这件事上，是绝不留情且不遗余力的。其属下将领为了领取更多犒赏，进入王朝的权力核心，更是殚精竭虑。他们派出官兵，不仅在山丹、甘州、肃州等城市内大肆排查，且下令给山丹军马营统领监管李建新。李建新是一个阉人，虽然不是带兵的将领，但对朱家王朝忠心耿耿。尽管人人都知道，他忠于朱家王朝，实际上是想为自己谋取更大的现实利益，也唯有忠于权势最大的统治阶级，他获得的政治利益才会更大，人生才会更精彩。

这对我来说，面对的是一种前所未有的抉择——是将师妹交出，在李建新甚至朱家王朝里博得一份功业，过一种优裕的生活；还是决心保护师妹，成一个仁者侠士？师妹也似乎看出了我的犹豫。她说："赵师哥，我在这个世上只剩下你这一个亲人了，你要是将我交去领赏，我不会怨恨你的。"

我心猛然颤抖了一下。看着师妹楚楚可怜的样子，心里有一种说不出的怜爱感觉。我笑笑，看着师妹说："师傅和师娘当年费尽心机将我转引到此，无非看重了我的诚实与感恩，也想我能够在他们所进行的'大业'中有所贡献。可现在，我还没有出场，一切都成了云烟往事。师傅家仅有师妹一人存活，我如何能做出那种不仁不义的事呢？"

师妹看着对面的石壁，又把目光伸向湛蓝的不见一丝云彩的天空，轻叹了一声说："自古胜者王败者寇，这是历史法则。我爹娘当年招引你，也想着你能为大业做点事情，将来能够有自己的一份功业。现在，时运不济，天道不爽，他们失败了，且死于乱军。你是男儿，心里也肯定这样想过，不管是朱明王朝还是匈奴汉光文帝残寇，只要能给予现实的荣耀，两者就没有什么不同。无论你怎么做，我都不会怪你。况且，我一个女子，无雄心大志更无韬略谋志，留在世上亦无所用。"

我惊异于师妹的豁达胸怀，也觉得了惭愧。我说："师妹，你所说这番话，我确实想过。但是，我是一个男人，不能因为现实的一点利益而忘了恩情，更不能因为自己的一点野心，而将你一个弱女子拱手送给官府宰杀。我在这山中三年，本来觉得世上的一切都远了，如尘土了，你却遭受了如此变故，无论将来如何，我会和你一起，虽不能使你衣食无忧、悠闲优裕，但可以保你平安，过一种简单的生活。"

当下，我带着师妹离开了十道沟。我们只能向西，沿着祁连山脚，趁着夜色向敦煌行走。师妹体弱，几天下来，就瘦削不堪了。有时候，我背着她走。跟贺迈在山中三年的锻炼，我的身体是足够强壮的。

十多天后，我们到了肃州。我把师妹藏在一窟石洞当中，带上短刀，去城里弄些吃的和水酒。趁着月光，利用自己三年来习得的攀岩功夫，潜入肃州城中。街道冷清，几无人迹。城中敞亮处的墙壁上，挂满了通缉犯的画像，我趁着月光一看，其中不仅有师妹，还有师傅贺迈，另外几个，我从没见过。

急匆匆地转了一圈，我寻了一家还算大的酒馆，取了一些牛肉、奶酪、青稞面、水酒等物，正要离开，忽想到师妹喜欢吃苹果和梨子，在厨房内外翻找了十多个，连同一顶小铁锅，装入口袋。

师妹显然饿坏了，吃起东西，也不怎么着了。我找了一些干柴，盛了水，在石洞外烧水。锅开了，把牛肉放进去煮了一会儿，和师妹坐在石洞里吃起来。两个人在茅草上蜷缩到天亮。我出来看了看，莽莽苍苍的祁连山中，除了风，一个人也没有。我带着师妹，沿或陡峭或平坦的山坡继续西行。

再十多天后，我和师妹到了沙州（敦煌），连夜翻出阳关，在雅各布雷沙漠边缘的一处胡杨林里停下来。我知道，这里可能是安全的。

我说："师妹，如果不嫌弃，我们就在这里住下来。"

师妹说："师哥，你说了算，我都听你的。"

我拿着短刀，砍了一些已经朽败了胡杨树枝，搭了一座房子。又几个夜晚，到沙州城中搞到一些布匹和日常生活用品。利用所学的武技，还抓住了几只黄羊。我又修了一座羊圈，把它们圈养起来。羊只们繁衍甚快，到第二年开春，就由三只变成了八只。

我知道师妹喜欢吃水果，开春时候，我从沙州弄了些葡萄和苹果树，有些没有移植成活，有几棵叶子枯黄了一阵子后，又长出了新叶。在这里，我和师妹的新生活开始了。再一年，师妹为我生了一个儿子，胖嘟嘟的，他的第一声啼哭特别响亮，把沉闷的胡杨林乃至雅各布雷沙漠惊动了，骤然间，刮来一阵狂风，遮天蔽日后，却又是满天的幽深和湛蓝。

11

这一种生活，显然没有超出我的预期。在跟着师傅学习铸钟的那些年，我就一直这样梦想：有朝一日，有一个好女子，和我一起，在寂无人迹的世外之地，过一种与世隔绝的生活。虽艰苦可是心里有爱，虽孤独但却身心安静。现在我得到了，而且是侥幸。虽然我至今不知道师傅为什么在举事之夜没有让我参与其中，为他的那个根本不会成功的"大业"和梦想效力。

生儿子后，师妹的腰身越发丰腴，眼眸里处处流露着母性。到第三年，我们的儿子已经可以站着行走了，他们母子的笑声在整个胡杨林内外回响。我在房前种植的葡萄已经开始挂果，苹果树也会在春天绽放芬芳的花朵。还有一些不知从何而来的黄蜂和个头很大的苍蝇，在羊只粪便乃至树林里飞来飞去。

有天晚上，就着照彻黑夜的月光，我抱着师妹，躺在床上，一边是孩子平缓的呼吸声。我说："再生一个女儿就好了。"师妹的手指抚摸着我的胸脯，轻声说："等儿子再大一点，能够自己跑了，我们再要好不好？"我说："我喜欢自己有一大群孩子，等他们长大，这里就会成为村落，或者再回到凉州，我们就是一大家子人，老了也不孤单。"

师妹忽然轻声叹息了一下，长时间没有说话。我开始以为她睡着了，后来觉得胸脯有一点点凉，我知道她流泪了。这些年来，师妹流泪的时候不多，但每一提起凉州，她就会悄然落泪。我知道，每一个子女都是爱父母的，尤其是师妹，师傅师娘惨死在乱刀之下，又只有师妹一个后人，谁想起来都会悲伤难抑的。

我拍着师妹裸露的肩膀，说："妈妈不哭，妈妈不哭！"

几天后，我从山里回来，肩膀上挂着捕猎的鸟兔，却发现房内一片狼藉，师妹和孩子都不见了。我摔门而出，在林子里大声喊叫师妹的名字。可是，除了我的声音，只有风吹树叶的哗哗声。我低身，看到沙土上有一串马蹄印。我一路循着，到林子外，只有一行马蹄印。我想，这不可能是官兵找到了我和师妹的藏身之地，而是被某一个人趁机掳走了。

我放开脚步，沿着马蹄印一路向南奔去。虽在沙漠之中的小绿洲过了四年的时光，有娇妻幼儿，我的功夫还是没有丢下。向南奔了大约二十余里，我又看到一片小树林，还有一座黄土版筑的土房子。我快步冲过去，先是在门口看到了一串马蹄印，又循着马蹄印走到房屋背后。果然，一棵老掉的沙枣树上，拴着一匹枣红马。我又迅速接近房屋，从后墙翻进去，轻手轻脚走近一面关着的木板门贴耳倾听。

里面有声音传来。开始是一个男声，低沉而沙哑。我忽然觉得，这声音异常熟悉，好像在哪儿听过。后来是师妹的声音。我热血上涌，猛地将门踹开。屋内一片幽暗，进门的瞬间眼睛发暗。还没等我看清，就有一个人冲到我怀里。我用手一摸，知道是师妹，大声说："嬷嬷不要怕！"

师妹哭着说："孩子在贺迈手里。"

站在对面的人就是贺迈——我的授业恩师。我把师妹推到自己背后，向前一步，冲贺迈施礼，叫了一声师傅。贺迈哼了一声，对我厉声说："赵如铁！当年，乱军中我让嬷嬷去十道沟找你，意思是要你保护好嬷嬷，她可是匈奴汉国唯一的血脉了。没想到，你把她带成了你的妻子。"

我蓦然觉得了惭愧，嗫嚅了一下说："为什么不可以？"

"住口！赵如铁，你不过是一个自小没爹娘的孩子，是你师傅，匈奴汉国第二十三代孙刘健将你抚养成人，不仅给你业产，苦心安排你入山学艺，在兴国大业之中，你未尽微薄之力不说，如今以平民和部署身份，又将刘家唯一后人纳为妻子，你怎么能对得起你死去的师傅师娘？"

贺迈的话合情合理。我也知道，若以血统论，师妹乃是皇家贵胄，我是平民百姓，之间横亘着一条无法逾越的鸿沟。我不由低下了脑袋。这种自卑我与生俱来，在家族乃至血统上，与师妹在一起，那是对她的侮辱，可是，王侯将相宁有种乎？那些皇室贵胄，难道仅仅是一种血缘或者生殖的联系吗？

忽听身后的师妹说："贺迈，你对我刘家的忠心我领了，也替死去的爹娘感谢你，但我已经不是什么皇室贵胄，现在就是赵如铁的妻子。我一个小女子，撑不起重担，也没有雄才伟略，我只愿跟着赵如铁过凡俗平民的生活。请你把孩子还给我，放我们一家走。"

说完，师妹跪在了贺迈面前。我叫了一声妈妈，也跪在了贺迈面前，看着贺迈说："师傅，徒弟感念您授业之恩。若是妈妈愿与您一起，再合谋大业，如铁即使死，也会紧紧跟随；若是妈妈不再有此企图，恳请师傅放我们走。"

贺迈骤然发出一声长笑，又沙哑着嗓音说："妈妈，你果真忘了刘家的使命么?"师妹看了看我,使劲儿点了点头。

贺迈语气沮丧地说:"当年,我跟随刘健时,曾发下重誓,这一生都专心于刘家的事业,生而不竭,死而后已。现在,刘健夭亡,其女又自甘堕落,莫非是天意?"

顿了一下,贺迈又说:"赵如铁,解铃还须系铃人,我既然活着,就要把刘家大业坚持到底,除非我死了。现在唯一的方法就是,你杀了我,此事一了百了;或我杀了你,带嫣嫣走,继续勾连旧部,图谋大事。"

12

我和师妹走到房子后面的树林,牵着我们儿子。儿子完全不知眼前情势,还嚷着要妈妈跟他一起玩沙子、摘叶片。我心情沉重,师妹也蛾眉紧蹙。沉默了一会儿,我停住脚步,错身站在师妹面前,看着她说:"这件事关系重大,既是师傅师娘平生所愿,更承载着匈奴汉国数十代人的心血。若是师妹决意继承家族遗志,赵如铁誓死跟随;若是师妹真的愿意放弃家族千百年的梦想与努力,愿意过一个平民的生活,无论如何,我要保你们母子平安。"

　　师妹咬着嘴唇点点头，又望着斑斓的树林说："如铁，从十六国至今，上千年时间过去了，我们匈奴刘氏家族，早已与平民一般无二。爹娘之所以承志继往，无非是一个子虚乌有的使命。现在，虽说世道不太平，流离失所与不公不义之事遍及天下，可再若争来争去，也还是血流遍野，枯骨成堆。我心意已决，此一生，只要你和儿子在身边，哪怕食不果腹、终老荒野我也不悔。"

　　我长出了一口气。这可能是自私的，不愿意师妹再去做那些无谓的努力甚至牺牲，更重要的是，她能以一个妻子的身份留在我和儿子身边，在我看来，这是世上最幸福的事情。

　　可是，这样一来，我必须面对和贺迈决斗这一残酷事实。

　　这无可避免，师妹说："贺迈也是有匈奴血统的人。匈奴人自古就有以力为雄的传统。"

　　我说："贺迈对我有天高地厚之恩，不论他杀了我，还是我杀了他，都是惨剧。"

　　师妹面容悲苦，说："这就是命，不管结果如何，我们都要承受。"

　　我点点头，抱了抱师妹，对她说："我不想死，我想一辈子都在你身边。"

第二天一早，太阳刚刚升起，我拿了短刀，走到林子之间的一大片黄沙地上。这个时节，风有些凉了，胡杨叶子有的已经变黄，看起来就像是悬挂的黄金。我在松软的黄沙上站定。不一会儿，贺迈也拿着他那把短刀，从对面走了过来。

看着贺迈，我说："师傅，能不能不打？"

贺迈苦笑了一下，说："如铁，开弓没有回头箭，怎么能不打呢？你先来。"

我说："你是师傅，你先来。"

贺迈嗖的一声，从刀鞘里抽出了短刀，凛凛寒光惊醒了尚还懵懂的灰雀和野鸡。杀气在他脸上迅速凝聚，就连他浓密且有些发白的胡须也闪着晶亮的光。我也将刀抽出刀鞘，握在手中。忽听贺迈一声大喝，挥着短刀向我砍来，刀势迅猛，招招直奔要害，刀身携带的风声犹如苍鹰尖啸，在我耳边飞舞。

一场真正的战斗开始了，生命与生命之间的较量，生死只由刀刃说话。贺迈是一个技艺超群的勇士。我和贺迈刀来刀往，互不相让。我的刀法都是贺迈传授的，一招一式都在他的掌握之中。有几次，贺迈的刀尖划破了我的衣衫，只差一点没砍进皮肉。

就在我回身的时候，忽觉得肩膀一阵疼痛，贺迈的刀像是闪电，又朝着我左胸口劈来。我急忙后撤，但还是没有躲过贺迈迅如闪电的一击，紧接着，一阵刺痛传遍了我的全身，鲜血涌出。我第一次看到自己的血，红得叫人晕眩。

我听到了师妹的惊叫，还有儿子的叫喊。三岁多的孩子，拿着一根木棍，站在师妹身边，冲我喊："爹，你一定要胜！"

是他们母子的声音，使我陡然平添力量。刚才散乱的心思顷刻乌有，只觉得整个身体像张拉圆了的长弓。我使劲攥了刀柄，一声大喝，向着贺迈奔杀而去。我知道，我的刀法不能循着常规，更不能以贺迈教我的去对付贺迈。贺迈见我气势汹汹，也大吼一声，把短刀舞得如同风车一样，迎着我杀来。两刀相撞，冒出一片火星，我趁势后撤一步，身子后倾，贺迈进逼而来，刀锋直指我的咽喉。我急忙缩身，就地一滚，趁着贺迈前倾无暇回身的时候，刀刃向上，闪电般插入他的小腹。

贺迈啊了一声，刀尖向下，一手捂着鲜血流溢的小腹，慢慢地跪在地上。

我收刀，站起身来，喊了一声师傅，朝贺迈奔去。贺迈大喝一声："别过来！"我立时停下脚步，站在贺迈三尺之外的沙土上，丢了手中的刀，扑腾一声跪在地上，对贺迈说："师傅，徒弟有罪！"

贺迈捂着小腹坐在地上，呵呵笑了一声说："刘健没有看错你，我也没有白教你。赵如铁，你是个好勇士，若是投身大业，必定是刘家再兴的肱骨之臣。"

我说："师傅，我不想晋身贵胄，更没有雄心大志，只想与师妹孩子在一起，终老一生而已，徒弟辜负了你们。"

贺迈说："天命有道，人也如此，强求的东西总是会有悲惨的下场。不过，师傅这一生如同这刀刃，只要打制出来，就是非要见血不可的。现在，能死在自己徒弟手里，既不愧对刘健泉下之灵，也没有把你和嫣嫣一家拆散，师傅就心满意足了。"

师妹也跪在贺迈面前。

贺迈仰天大笑一声，闭上了眼睛。

我掘地三尺，埋葬了师傅贺迈的尸首。在他的墓碑上刻了"义士贺迈之墓"，又和妻儿一起跪下，向他致哀。然后骑上贺迈的枣红马，一家三口又回到了那片沙漠中的胡杨林。

再两年后，我和师妹又有了一个女儿。女儿娇小，面目很像师妹。等她长到三岁，朝廷早就忘了几年前的那桩胎死腹中的谋逆之事。我和妻子多次说起，都觉得那是一件注定了的失败之举和悲剧。

嘉靖二十一年的那年春天，我们一家回到了凉州。师傅师娘留下的铸造业产还在，师弟张铁柱又带了几个徒弟，铸造生意尚可。见我和师妹回来，张铁柱惊诧莫名，好半天没合拢嘴巴。他还说，前些年倒是在凉州城内见到一些通缉要犯的画像，也听说了前匈奴汉国后人造反不成而被全诛的事儿。

13

凌晨，我醒来，口渴，咽喉内像是着了火一样。可不知道是什么时候，我要喝水，却怎么也翻不过身来。我想喊，用了很大的力气，却一点声音也没有。我心里恐慌极了，不知道该怎么办。过了一会儿，忽觉得自己喘不上气来，胸闷，如遭石压。我想：我是不是要死了？我使劲挣扎，想翻过身，一次一次，我觉得就像是一个溺水的人，呼吸就要被堵死了。我想起了师妹，使劲喊师妹的名字——"嫣嫣、嫣嫣、嫣嫣、嫣嫣、嫣嫣……"

无人答应。

就在我绝望的时候，我猛然坐了起来，长出一口气。屋里很黑，什么也看不见。我伸手摸了摸，身下是厚厚的褥子，空气里还有一种苹果的香味。我伸手四处找火折子，想点着灯。可摸来摸去，却是光滑的墙壁。我下意识地咦了一声，觉得奇怪，怎么不是我做的木头墙壁呢？我又伸手在床上摸，床很大，但没有一个人。我想，我的师妹和孩子呢？

再一抬头，我看到光亮，它隐藏在厚厚的窗帘外，昏黄的，没有一点生机，完全不像是我们经常烤着的木柴火。又过了一会儿，传来一阵怪声，像风声，却又很短暂，唰的一声就过去了。我摸索着走到窗户前去掀窗帘，却看到窗户是透明的，外面是宽阔的马路，还有在黑夜中独自照亮的路灯。我恍然大悟，方才意识到，自己不过是做了一场梦，而我仍身在凉州——现在的武威。

打开灯，房间一片明亮。开门，借着灯光，我却发现，对面的小房间床上，睡着一个人。我仔细想了想，不禁哑然失笑。我知道那是谢荣胜，他还在酣睡。到客厅找杯子，喝了一通水。还是觉得口渴，就又倒了一杯热水。回到房里，我也才想到，我抢占了谢荣胜和他爱人的睡榻，心里一阵不安。看了看手机，才凌晨三点多。关掉灯，躺在床上，不由自主地回想起刚才那个冗长而又离奇的梦境。

在梦中，我是铸钟师傅的徒弟，再后来被招引到焉支山一座山谷里练习武技，再后来的变换也匪夷所思。不管是匈奴汉光文帝刘渊的家族，还是创建北凉的武宣王沮渠蒙逊的后裔，确实是与武威——凉州有着深刻的渊源。然而史书上自隋代后，似乎就没了关于匈奴的记载，更不要说会有他们的后裔在十七世纪后半叶啸聚残众，行称王立国之事了。

至于与美丽的师妹——嫣嫣的那段事情，也是子虚乌有的。或许只是一种幻想，一种基于梦境的故事延长。也或许，在我的某一种意识里，仍旧有着某种不可思议的古典情节和江湖梦想。做一个刀客，或者一个平民，生活在中国的古代，虽然地位卑贱，但渴望有着离奇的遭遇乃至造化，甚至还有一种浓得化不开的侠义思想、游荡江湖的决绝，乃至与绝世女子一同沦落民间的浪漫思维。

早上，谢荣胜起来，带着我去吃臊子面。走在武威的天马广场，我还对谢荣胜说："赵旭峰的民歌唱得太好了，要是做一部专题片的话肯定会吸引更多人的。"谢荣胜说："你昨天在老赵家赖着不走，要听人家的民歌。我和学辉把你抬上车，你就醉了，是我把你背上五楼的。"我一阵大笑，说："老谢啊老谢，这下可让你吃苦了。"谢荣胜笑说："下次我也喝醉，让你背我上十楼！"

中午回到宾馆，我意外地发现，那两只陶罐还在。我拿起来，上下翻看。令我惊诧莫名的是，陶罐里面还有图画。内容连接着外面的那些，与我的梦境丝毫不差。稍微不同的是，最后一幅所展现

　　的情景我没梦见——是一个丰腴的女子，赤着身子，怀里抱着一个浓眉大眼的男孩，坐在葡萄架下喂奶。我用手机电筒照亮，细细端详那女子和孩子的面容，竟然与我梦中的师妹，以及我和师妹的孩子一模一样。

　　我大吃一惊，打电话给李学辉，请他给我找几本《凉州宝卷》和关于武威的历史及民间故事的书籍。学辉是这方面的专家，立马说送给我几本。

　　当天晚上，我与李学辉、谢荣胜、邱兴玉、何平、老魏、古马等几个人在一起喝酒，我说了昨晚在谢荣胜家做的梦。学辉说："那故事在武威流传了多年，但只是民间演绎，正史根本没有记载。"我还说了在宾馆房间发现的那两只陶罐。众人称奇。吃完饭后，一起到我房间去看。可没有想到的是，那两只陶罐竟然不见了。

　　我问服务员，服务员说："那是一个客人忘在房间的，下午专程回来取走了。"

　　我问："那客人是哪儿的？是男还是女？"

　　服务员回答说："是古浪县的，女的，好像是个中学老师。"我啊了一声。

　　李学辉说："武威虽然还有人制陶，但从没有听说过有人还会在陶罐内壁上绘图。"

第二天早上，我要告别，学辉和荣胜执意要带我到武威城西郊看看。他们依照我梦中所描述的情景，认定那地方应当是河西堡。开车到河西堡村外，看到一截已经严重断毁的长城，靠近戈壁的一侧，还有一些残砖碎瓦。学辉说："这是清代或者清代以前的青砖和青瓦，照此看来，这地方一定住过人。"

到村里问一个年在八旬的老人，他说："听老人说那地方以前是个铸造厂，大云寺钟楼上挂着的那口铜钟就是在那儿铸的。"

和学辉、荣胜告别，登上回酒泉的班车，心里有一种异样的感觉，对武威，竟然有点依依难舍，心里柔柔的，还有点凉。靠在车座上，回想起那一晚的梦境，也忽然觉得，那梦境就像真的一样。想到最后，叹息一声，自己对自己说："那梦要是真的多好！可惜只是一个梦。"后来，我在颠簸中睡着了，醒来后，阳光打眼，酒泉到了。下了车，我还在想，为什么那个梦没有再继续呢？